이달의 장르소설

이달의 장르소설 5

임규리

정재환

하은경

이규락

구 현

장희가

고즈넉 이엔티

이달의 장르소설5

1쇄 발행 2022년 10월 31일

지은이 임규리, 정재환, 하은경, 이규락, 구현, 장희가
펴낸이 배선아
편 집 정수정
디자인 엄인경
펴낸곳 고즈넉이엔티

출판등록 2017년 3월 13일 제2022-000078호
주소 서울시 중구 남대문로9길 24, 패스트파이브 시청1호점 904호, 1007호
대표전화 02-6269-8166 **팩스** 02-6166-9199
이메일 gozknockent@gozknock.com
홈페이지 www.gozknock.com
블로그 blog.naver.com/gozknock
페이스북 www.facebook.com/gozknock
인스타그램 www.instagram.com/gozknock

ISBN 979-11-6316-420-3 03810

표지이미지 Designed by Getty Images Bank, Freepik

차례

이달의 장르소설

시체꽃

임규리

프리랜서 작가. 대학에서 영화 시나리오를 전공했으며, 현재도 꾸준히 시나리오를 쓰고 있다. 글을 통해 세상을 조금 다르게 바라보고, 한층 더 깊이 읽고 쓰기 위해 노력한다. 다른 차원의 이야기를 좋아한다.

"기록적인 장마가 오늘로 100일을 맞았습니다. 연일 이어진 폭우에 피해 규모도 기하급수적으로 커지고 있는데요. 기후 위기의 심각성에……."

수잔은 라디오를 껐다. 이미 충분히 복잡한 머릿속에 지겨운 장마 이야기까지 집어넣고 싶지 않았다. 하지만 그런 생각을 비웃기라도 하듯, 귀 따가운 빗소리가 차 안을 가득 메웠다.

새벽 세 시. 앞이 보이지 않을 정도로 쏟아지는 비를 뚫고 수잔이 향하는 곳은 한 고시원이었다. 영현의 전화 한 통이 수잔을 그곳으로 이끌었다.

수잔은 비몽사몽간에 지나가버린 영현과의 통화를 다시 머릿속에서 재생해봤다. 도대체 자신이 왜 이 시간에 하필 그곳으로 향하고 있는지 스스로 설득할 시간이 더 필요했다.

띠리리. 새벽 두 시 반. 잠에 취해 있던 수잔은 무심결에 전화를 끊었다. 하지만 전화는 천둥과 뒤섞여 경고음처럼 계속 울려댔다. 뭐지? 순간 잠이 깨면서 모골이 송연해졌다. 모르는 번호였지만, 꼭 받아야 할 것 같았다.

"여보세요?"

"안녕하세요. 조수잔 박사님 맞나요?"

한 젊은 남자의 가라앉은 목소리. 수잔은 몸을 똑바로 일으켜 앉았다.

"네, 그런데요. 그런데 혹시 누구신지……."

"아, 늦은 시간에 정말 죄송합니다. 저 기억하실지 모르겠는데, 심영현이라고……."

"네? 누구요?"

"예전에 박사님 공개 수업 들었던 사람입니다. 과학수사대 소속."

"아아! 알죠, 영현 씨! 무슨 일이에요?"

기억났다. 영현은 외부인도 신청할 수 있는 식물학 공개 수업을 들었던 학생 중 하나였다. 공개 수업으로는 영 인기가 없는 식물학을 선택했다는 점도 인상 깊었지만, 과학수사대 소속 형사라는 특이점 때문에 더 기억에 남았다.

그 정도로 유별난 식물애호가인가, 아니면 과학수사에 식물학이 필요할 때가 있나. 아무리 생각해도 그럴 리가. 수잔은 그렇게 막연하게 궁금해했지만, 영현은 딱히 사람들과 잘 어울리는 타입은 아니었다. 다른 학생들이랑 대화를 나누는 모습도 본 적이 없었다. 그래도 수업에는 꽤 열정적으로 참여했던 걸로 기억한다.

이 터무니없이 긴 장마가 시작되기 전이니, 한 사 개월 전에 마지막으로 봤던가? 그사이 아무런 연락도 없다가, 이렇게 불쑥 새벽에 전화가 걸려 온 것이었다.

수잔은 화가 나거나 불쾌하기보다는, 정말 순수하게 그 이유가 궁금했다. 어쩐지 조금 무서우면서 설레기도 했다.

"갑자기 이 시간에 무례한 건 알지만, 지금 연락할 사람이 박사님밖에 떠오르지 않아서요. 혹시 제가 맡은 사건 현장에 나와주실 수 있을까요?"

"예? 뭐라고요? 사건 현장이요? 확실히 저에게 부탁하시는 거 맞죠?"

"네, 맞습니다."

"그럼 언제 가면 될까요?"

"지금 당장이요. 급합니다."

"아니, 저기. 잠시만요. 저 지금 하나도 준비가 안 됐는데……. 무슨 사건인데요? 혹시 살인?"

"그건 현장에서 설명해드릴게요. 아, 그리고 여기 오시는 건 비밀입니다. 상부의 지시가 있었어요. 제가 직접 모시러 가야겠지만, 현장을 떠날 수 없어서요. 대신……."

수잔은 영현의 말이 끝나기도 전에 자리를 박차고 일어났다.

"아뇨. 제가 직접 운전해서 갈게요. 주소 알려주세요."

호기심에 이끌려 야심 차게 출발했던 것과 달리 서울 귀퉁이의 한 고시원으로 운전해 가는 동안 수잔은 점점 자신감을 잃기 시작했다. 늦은 시간 수잔이 집에서 챙길 수 있었던 건 샘플 채취 도구 정도밖에 없었다. 애초에 뭘 하러 가는지 모르니 준비라고 할 것도 없었다.

범죄 현장에 식물학자가 필요하다고?

아무리 생각해도 이상한 상황이었다. 만약 영현이 아니었다면 분명 장난 전화로 넘겼을 것이다. 그래도 그냥 못 하겠다고 끊었으면 됐을 걸. 호기심에 불타올라 성급하게 뛰어들었다가 데인 적이 한두 번이 아닌데도 또 같은 실수를 반복하고 말았다.

하지만 늘 그렇듯, 섣부른 결정을 주워 담기 전 수잔은 목적지에 도착했다.

고시원을 찾는 건 어렵지 않았다. 멀리서도 폴리스라인이 보였기 때문이다. 경찰과 과학수사대가 건물 밖에서 대기하고 있었다. 일이 멈췄다는 건, 상황이 좋지 않다는 뜻일 것이다. 갑자기 엄청난 부담감이 밀려왔다.

수잔은 속이 울렁거렸다. 단지 긴장해서만은 아니었다. 고시원에 가까이 갈수록 참을 수 없을 정도로 지독한 냄새가 밀려온 탓이다. 방호복을 입은 한 경찰이 수신호를 했다. 수잔은 가까이 다가가 창문을 열었다.

"저는…… 읍!"

수잔은 자기도 모르게 코를 틀어막았다. 창문을 열자마자 정말 견딜 수 없는 악취가 흘러들었다. 내장의 가장 깊은 곳에서 욕지기가 치밀어오르고 눈물이 흐를 정도로 지독했다. 하지만 신기하게도 그 악취에는 신선한 풀 냄새와 은은한 꽃향기가 섞여 있었다. 너무 큰 충격을 받아서 뇌가 고장이 났나 싶을 정도로, 정말 난생처음 맡아보는 냄새였다.

"조수잔 박사님?"

방호복을 입은 남자가 코맹맹이 소리로 물었다. 수잔 역시 코를 틀어막고 코맹맹이 소리로 대답했다.

"네. 접니다."

"먼저 방호복 입으시고요."

수잔은 눈물과 콧물을 훔치며 건물 앞 천막에서 방호복을 입었다. 새벽인 데다 비가 쏟아지고 있었는데도, 우비를 입은 한 할머니가 폴리스라인 근처를 서성였다.

"누가 또 죽었나 보지? 이번엔 단단히 썩었나 보네. 냄새가 아주 고약해."

"어르신, 비도 많이 오는데 어서 들어가세요."

한 경찰이 그냥 지나가라는 뜻으로 짜증스럽게 말했지만, 할머니는 비닐로 덮인 건물 입구 쪽을 계속 흘끔거렸다. 방호복을 주섬주섬 입고 있던 수잔과 눈이 마주친 할머니는 마치 신나는 얘기라도 하듯 폴리스라인 너머에서 목청을 높였다.

"여기가 예전부터 사람 죽어나가기로 아주 유명했어. 귀신이 사람 잡는다고. 여기 한번 들어가면 지하에 묻혀서 다시 못 나온다는 말도 있고. 어쩐지 매년 들어가는데 나오는 사람이……."

"어르신! 그만 가시죠!"

경찰이 목소리를 살짝 높이자, 결국 할머니는 마뜩잖은 표정을 지으며 떠나갔다. 수잔이 막 방호복을 다 입었을 때, 건물 입구를 막고 있던 비닐을 젖히고 영현이 나왔다. 사실 얼굴이 정확히 보이진 않았기 때문에 수잔은 바로 그를 알아보지 못했다.

"전화드렸던 심영현입니다. 와주셔서 감사해요. 이쪽으로."

수잔은 주위를 둘러봤다.

"저기, 저만 가나요?"

입구 쪽에 있던 경찰과 과학수사대는 미동조차 없었다.

"일단 상황 파악이 될 때까지는 저와 박사님만 들어

갑니다."

이쯤에서 수잔은 갑자기 도망치고 싶었지만, 사실 그럴 용기도 없었기에 잠자코 있었다. 여기까지 왔는데 대뜸 못하겠다고 할 수도 없었다. 최전방에 선 느낌을 받으며 수잔은 영현을 따라 끌려가듯 건물로 들어섰다.

비닐을 젖히고 입구에 서자 모든 게 조금 더 고요해졌다. 수잔은 그 자리에 우뚝 멈추고 말았다.

"제가 왜 박사님께 연락드렸는지 아시겠죠."

영현이 특유의 침착하고 조용한 목소리로 말했다. 수잔은 대답하지 못하고 그 자리에 뿌리라도 내린 듯 얼어붙었다.

두툼한 이끼와 형형색색의 곰팡이, 기묘한 버섯 그리고 정체를 알 수 없는 식물들이 고시원의 계단부터 문, 천장까지 모든 곳을 장악하고 있었다. 수잔은 식물학자로서 새로운 종을 발견하고 연구하는 데 온 힘을 쏟아왔다. 하지만 지금은 거기에 투자한 시간이 무색할 정도로, 눈앞에 놓인 것 중 무엇 하나에도 이름을 제대로 댈 수 없었다.

"언제부터 이렇게 된 거예요?"

"그건 아직 모릅니다. 그냥 지금은 아무것도 모르는 상태라고 보면 돼요."

영현이 짧게 한숨을 쉬었다. 수잔은 어둠 속에서 묘하게 반짝이는 버섯을 주의깊게 살폈다. 포자를 살짝 건드리자, 작은 반딧불이가 날아가는 것처럼 신비한 불빛이 퍼져나갔다.

"지하는 문이 잠겨 있고, 1층은 여기 건물 주인이 살았더군요. 2층과 3층은 오랫동안 사용하지 않은 것 같고요. 사람이 별로 없어서인지 4층만 고시원으로 운영했던 것 같습니다."

영현은 앞서 계단을 올라갔다. 계단을 덮은 푹신하고 두꺼운 이끼 덕분에 유령처럼 둥둥 떠서 걷는 기분이 들었다. 수잔은 난간에 자라난 희한한 색깔의 곰팡이를 눈으로 훑으며 영현을 따라갔다.

"이건 아무것도 아니에요. 박사님을 부른 진짜 이유는 따로 있습니다."

4층 문을 열면서 영현이 나지막하게 말했다.

그곳의 냄새는 훨씬 더 지독했다. 여기가 바로 악취의 근원지라는 걸 알려주듯이. 수잔은 인상을 잔뜩 찌푸리며 자기도 모르게 뒤로 주춤주춤 물러났지만, 영현은 이 모든 걸 해탈한 듯 꿈쩍도 하지 않았다.

"도망가시면 안 됩니다."

따라오는 수잔의 발걸음이 눈에 띄게 느려지자 영현

이 돌아보며 엄한 목소리로 쏘아붙였다. 수잔은 혼나는 아이처럼 움츠러들었다.

"알았어요."

장마의 영향 때문일까. 고시원 건물은 바닷속에 오랫동안 침몰해 있었던 배처럼 보였다. 천장과 벽, 가구, 모든 것들이 눅눅하게 젖어 검게 삭고 있었다. 두툼한 카펫 같은 이끼와 산호처럼 피어난 곰팡이, 그리고 곳곳에서 보이는 버섯과 덩굴이 섞인 듯한 묘한 식물은 외계에서 온 것 같은 작은 열대 우림을 이루고 있었다.

"이것 때문에 박사님께 연락드린 겁니다."

영현이 한 방문을 열자, 삭은 나무 문이 요란한 소리를 내며 뜯겨나갔다. 반짝이는 포자가 사방으로 흩날렸다.

수잔은 방 쪽으로 가까이 다가갔다. 그리고는 자기도 모르게 흡, 하고 숨을 들이마셨다.

고시원의 벽을 무너트리고 건물을 휘감으며 자라난 거대한 덩굴 한가운데에 꽃의 크기만 해도 족히 5미터는 될 것 같은 새빨간 꽃이 피어 있었다. 보기만 해도 눈이 시린 위험한 광채를 내뿜는 핏빛 꽃잎 사이엔 분홍색과 노란색이 뒤섞인 꽃대가 날카로운 혀처럼 솟아 있었고, 나무뿌리처럼 단단한 덩굴은 콘크리트를 부드러운 흙인 것처럼 움켜쥐고 있었다.

그 꽃의 모습은 뭐랄까, 마치 작은 건물 안에 몸을 욱여넣은 거인 같았다.

"집주인이랑 여기 살던 사람들은 이걸 알고 있었나요?"

"글쎄요. 그건 모릅니다."

"네? 여기가 이렇게 됐는데 모를 수가 있나요? 건물이 비어 있었나 보죠?"

"그게 아니라……. 어쨌든 이제는 알 수가 없을 것 같네요. 저길 보세요."

수잔은 영현이 고갯짓을 한 쪽을 바라봤다. 거대한 꽃을 보느라 미처 벽면 한쪽에 엉겨 있던 덩굴 쪽은 보지 못했는데, 그곳엔 '사람이었던' 것 같은 물질들이 덩굴에 빨려들어가듯 뭉쳐져 있었다. 몇 번이고 그걸 확인한 끝에, 비로소 수잔의 뇌는 그게 고시원에 살던 사람들이라는 걸 받아들였다. 수잔은 그 장면을 더는 볼 수 없어 고개를 돌려버렸다.

"아직 다 확인하지는 못했지만, 여기 고시원 주인과 거주민 네 명으로 파악됩니다."

영현은 놀라울 정도로 태연했다. 무슨 재고 수량을 파악하는 것처럼. 구역질이 올라왔다. 눈앞이 하애지자 수잔은 영현의 팔을 붙잡고 몸을 숙인 채 심호흡했다.

"방호복 안에서 토하면 곤란하실 텐데요."

영현은 수잔의 등 한번을 토닥여주지 않고 각목처럼 팔 하나만 내준 채 덤덤히 서 있었다. 덕분에 수잔은 알아서 정신을 다잡았다.

마음이 가라앉자 꽃의 모습이 더욱더 자세히 보였다. 수잔은 온 정신력을 끌어모아 꽃을 찬찬히 살폈다. 솔직히 말하면 이 낯선 꽃 앞에서 수잔이 가진 식물학 지식의 절반은 필요 없을 것 같았다. 그런데.

어?

영현은 수잔이 꽃을 가까이에서 들여다보다 좁은 방 안을 왔다 갔다 하고, 손가락으로 딱딱 소리를 내거나 손뼉을 치는 모습을 멍하니 바라봤다.

"저기, 박사님? 혹시 뭐 하시는……."

한참 만에야 영현은 의문이 가득한 목소리로 수잔을 불렀다. 수잔이 이 상황에 대해 바로 답을 내려줄 거라는 기대는 애초에 하지 않았지만, 저런 장면을 기대한 것도 아니었다.

"영현 씨, 봐봐요."

잔뜩 흥분한 수잔이 영현의 팔을 잡아끌었다.

"보이세요? 이 꽃은 인간처럼 숨 쉬고 있어요. 여기 오르락내리락하는 거 보여요?"

정말이었다. 꽃은 마치 사람이 숨을 쉬는 것처럼 일정

하게 조금 부풀었다가 가라앉길 반복하고 있었다. 숨을 죽이자 잔뜩 가래 낀 듯한 나지막한 숨소리도 들렸다.

"그것만이 아니에요. 눈과 귀가 어디 있는지는 모르겠지만, 우리를 보고 있고, 소리도 듣고 있어요."

수잔은 영현의 팔을 질질 끌고 방 한쪽 끝으로 이동했다. 그러자 정말 꽃의 정면이 그쪽으로 조금 돌아섰다. 수잔이 다시 영현을 끌고 다른 한쪽으로 이동하자, 꽃 역시 그쪽으로 고개를 돌렸다. 영현은 나무토막처럼 딱딱하게 굳어 수잔이 하는 대로 끌려다니기만 했다.

"잘 봐요."

수잔이 크게 발을 구르자 꽃잎이 아주 미세하게 떨렸다.

"봤죠? 반응하는 거. 만져봐요. 이거."

"저기, 박사님."

영현이 망설이자, 수잔은 영현의 손을 잡아끌어 꽃에 가져다댔다. 영현은 움찔했다. 꽃은 따듯했다. 열이 오른 사람의 뺨에 손을 댄 것처럼.

"잠시만요, 박사님. 일단 진정하시고."

영현은 수잔의 손에서 자신의 손을 잡아빼며 말했다. 수잔의 반짝이는 눈을 바라보며 영현은 난감하다는 듯 깊은 한숨을 내쉬었다.

"그게 식물학자로서……."

"내린 결론이냐고요? 네. 지금 제가 말할 수 있는 최선이에요. 더 자세한 건 이제부터 살펴봐야겠죠. 확실한 건, 이런 꽃은 지금까지 지구에서 한 번도 나타난 적 없다는 거예요."

수잔은 잠시 겁먹었던 것도 잊고 열변을 토했다. 영현은 한참 동안 그 자리에서 꽃과 수잔을 번갈아 봤다.

"그럼 보고 들을 수 있다면…… 말도 할 수 있나요?"

영현이 목소리를 살짝 낮췄다. 수잔과 영현의 눈이 마주쳤다. 두 사람은 동시에 꽃 쪽을 바라봤다. 꽃의 정면은 수잔과 영현을 향해 있었다. 꽃의 눈이 어디에 달렸는지는 알 수 없었지만, 마치 똑바로 마주 보는 듯 묘한 시선이 느껴졌다.

고시원 밖에 모여 있던 경찰들은 질식할 것 같은 악취에 다들 인내심을 잃어가고 있었다.

"어휴, 웬만한 시체 썩은내보다 더 심한데. 이건 한 구에서 나는 냄새도 아닌 것 같아."

"미치겠네. 근데 이 냄새 오래 맡고 있으면 진짜 죽는 거 아냐? 독성 있는 건 아니고? 내 방호복 어디 구멍 안 났나 좀 봐줘."

“이 악취에 독성이 없겠어? 난 잠깐이라도 피해 있을래. 더 못 참겠어.”

한 경찰이 자리를 이탈하자, 나머지도 너도나도 연달아 우르르 자리를 피했다.

아주 잠시 입구가 빈 사이, 근처에 숨어 있던 그림자 하나가 스윽, 입구 쪽의 비닐을 젖히고 안으로 들어갔다. 빗소리가 그 작은 발소리를 숨겨주었다. 방호복을 입지도 않은 젖은 운동화가 두툼한 이끼가 깔린 계단을 천천히 하나씩 밟아 올라갔다.

“말할 수 있을지도 몰라요. 우리와 같은 언어를 쓰는지는 모르겠지만요. 솔직히 말하는 꽃이 있다고 얘기하는 것 자체가 지금 굉장히 이상한…….”

“같은 언어를 쓰지는 않아요. 하지만 우리를 흉내 내서 말할 순 있어요.”

영현과 열심히 토론을 펼치던 중, 뒤에서 갑작스럽게 목소리가 들리자 수잔은 화들짝 놀라 그만 튀어오르고 말았다. 이끼 때문에 발소리가 거의 들리지 않아 다가오는 걸 눈치채지 못했다. 영현은 수잔이 난리를 치는 가운데에서도 혼자 평정을 잃지 않았다.

가냘픈 풀처럼 호리호리하고 피부가 하얀 한 남자가 문 앞에 서서 수잔과 영현을 쳐다보고 있었다. 나이는 많아야 이십 대 중반 정도 될까. 아직 어린 학생 같은 티가 남아 있었다. 비를 그대로 맞고 왔는지 헐렁한 셔츠와 회색 바지는 물에 젖어 있었고, 손에는 묵직한 검은 비닐봉지가 들려 있었다. 남자는 전혀 당황하는 기색 없이 오히려 여유롭게 웃었다.

"그런 방호복은 도움이 안 돼요."

"누구시죠?"

영현이 차가운 목소리로 묻자, 그 남자는 활짝 웃으며 악수를 청했다.

"저 여기 사는 사람이요. 최지열이라고 해요. 경찰이신가요?"

영현은 지열의 손을 맞잡지 않고 가만히 그 눈을 쳐다보기만 했다. 수잔은 쓰고 있던 고글과 마스크, 장갑을 벗고 지열에게 대신 손을 내밀었다.

"저는 경찰은 아니고, 식물학자예요. 조수잔이요."

수잔은 지열의 손을 맞잡았다. 빗물에 젖은 손이 소름끼치도록 차가웠다. 지열의 몸에서 젖은 풀 향기가 확 끼쳤다.

"우와, 식물학자. 저도 대학에서 식물학 전공했는데요."

"어어, 그래요?"

"지금은 플로리스트로 일하고 있지만요."

“어떻게 들어오셨는지는 모르지만, 상황이 상황인 만큼 잡담은 그만하시고.”

영현이 끼어들었다.

“이쪽이 경찰이에요.”

수잔이 말하자, 지열은 다시 영현에게 손을 내밀었다. 어쩌면 약간은 강요하는 듯한 느낌이었다. 손을 같이 맞잡아줄 때까지 이렇게 있을 거라는. 싸늘한 눈빛으로 그런 지열을 훑던 영현도 결국 고글과 마스크를 벗고 손을 내밀었다.

“심영현입니다.”

지열은 영현의 손을 반갑게 마주 잡았지만, 영현은 아무 감정 없이 손을 다시 빼냈다.

“냄새 때문에 언젠가는 들킬 줄 알았어요. 이제는 어쩔 수 없죠. 두 분께 부탁드릴게요. 제 친구를 죽이지 말아주세요.”

“친구요? 혹시…… 저 꽃을 말하는 건가요?”

수잔이 어리둥절한 표정을 짓자, 지열은 고개를 끄덕이더니 수잔과 영현을 향해 꾸벅 고개를 숙였다. 미친 사람이라고 보기에는 너무 멀쩡해 보였고, 너무 깍듯했다.

“부탁드립니다.”

지열은 대놓고 어쩔 줄 몰라 하는 수잔과 그러든 말

든 아무런 반응이 없는 영현을 잔잔한 미소를 지으며 바라봤다.

"이제 두 분도 친구예요. 방호복도 벗고 저랑 인사도 하니까 저렇게 반겨주잖아요. 이제 이상한 냄새 안 나죠?"

"어?"

수잔은 입을 틀어막았다. 정말이었다. 조금 전까지만 해도 눈물이 날 정도로 고통스러웠던 냄새가 어느 순간 거짓말처럼 사라졌다. 삭은 고시원 건물의 쿰쿰한 냄새는 여전했지만, 이 꽃이 뿜어내는 악취는 사라진 게 분명했다.

호들갑을 떠는 수잔과 달리 영현은 마치 이 상황이 뭐가 신기하냐는 듯한 무표정을 유지했다. 분명 놀랐을 텐데. 수잔은 영현의 뛰어난 포커페이스가 새삼 신기했다.

그건 그렇고 이 사람, 도대체 누구일까. 사실 진짜 신기한 건 이쪽, 지열이었다.

"경찰서에서 얘기하시죠."

영현이 지열의 등을 밖으로 떠밀면서 말했다.

"절 체포하시는 건가요?"

"필요하다면요."

수잔은 지열이 체포라는 말에 겁을 먹을지도 모른다고 생각했다. 어쨌든 이건 시체가 다섯 구나 되는 현장이었고, 거기다 괴상한 식물까지 끼어든 최악의 사태였으니까. 차가운 영현의 태도까지 생각하면 긍정적인 방향으로 진행될 희망 따위는 전혀 없는 상황이었다. 수잔이라면 벌써 절망적인 결말을 예상하고 바닥에 드러누웠을지도 몰랐다.

하지만 지열은 여전히 여유롭게 웃고 있었다. 이 모든 상황의 칼자루는 오로지 자신만이 쥐고 있다는 듯이.

최지열. 스물여섯 살. 모 대학 생명과학과에서 식물학 전공. 한 꽃집에서 플로리스트로 근무 중. 해당 고시원에는 육 년째 거주. 사실상 그곳의 유일한 생존자. 범죄 이력 없음.

영현은 인상을 찌푸리고 지열을 주의깊게 살폈다. 하나도 긴장하지 않는 저 여유, 어쩐지 투명하기까지 한 당당함. 그 와중에 공손한 태도까지. 진짜 더럽고 큰 문제는 대부분 거기서 시작하곤 했다.

수잔은 그런 영현의 눈치를 살폈다. 강의실에서 봤을 때는 그저 조금 무뚝뚝한 성실한 학생 같아 보였는데, 이렇게 경찰서에서 보니 본업을 할 때는 더없이 싸늘하게 느껴졌다. 딱히 건방지게 행동하거나 고압적으로 굴지는 않았지만, 아니 오히려 지나치게 예의 발랐지만,

새카만 머리와 진한 이목구비 때문인지 더 냉정하게 느껴졌다.

지열은 영현이 준 커다란 수건으로 몸을 말리며 침착하게 수잔의 질문을 기다렸다. 이미 한차례 영현의 질문 세례를 받은 후였다.

“그 꽃에 대해서 아는 건 다 말해줘요.”

수잔은 따뜻한 녹차를 지열에게 건네면서 말했다.

“저라고 뭘 더 알겠어요.”

지열이 생글생글 웃으면서 대답했다.

“말할 수 있다고 했죠? 그 꽃이.”

“맞아요.”

“무슨 얘기를 하던가요?”

“자기가 여기서 피어나게 된 과정을 말해줬어요.”

지열과 마주 앉은 수잔과 영현의 눈이 마주쳤다. 잔뜩 찌푸려져 있는 영현의 한쪽 눈썹이 들썩였다. 일단 계속 들어보겠다는 뜻이었다.

“뭐라던가요?”

수잔은 마른침을 꿀꺽 삼키면서 물었다.

“그것보다, 두 분은 제 말을 믿으시나요?”

“판단은 나중에 할 테니, 그냥 하던 말 계속해보시죠.”

영현은 수첩을 꺼내면서 볼펜을 신경질적으로 딸깍

거렸다. 수잔은 지열을 보고 고개를 끄덕였다. 지열은 마치 어제 꾼 꿈에 대해 말하는 것처럼 이야기를 시작했다.

“두 달 전쯤이었을 거예요. 장마가 막 시작될 무렵에 본가에 내려가서 한 달 정도 쉬고 다시 고시원으로 돌아왔어요. 한밤중에 도착했는데, 입구부터 악취가 너무 심하더라고요. 뭐, 워낙 낡고 냄새가 심한 곳이기도 했고, 그냥 장마에 정화조가 넘쳤나 보다 했죠. 그때는 지금처럼 이끼나 곰팡이가 많지는 않았어요. 곰팡이는 늘 있던 거니까, 장마 때문에 좀 더 심해졌나보다 했죠. 거기에서는 익숙한 일이었으니까요. 그냥 그렇게 4층까지 별생각 없이 올라갔어요.”

지열은 불이 켜지지 않는 어두컴컴한 계단을 올라 4층 자신의 방으로 갔다. 육 년째 같은 곳에 살며 유지해왔던 움직임은 아무 생각 없는 본능에 가까웠다. 사는 사람이 별로 없긴 했지만 방음이 거의 안 됐기 때문에 늘 조금은 소란스러운 느낌이었는데, 그날따라 유달리 쥐 죽은듯 조용하긴 했었다.

지열은 무심히 방문을 열고 불을 켰다. 그리고 바닥을 뚫고 올라와 방 한구석에 웅크리고 있던 그 거대한 꽃과 눈이 마주쳤다. 꽃에는 인간 같은 눈은 없었지만, 확실히 눈이 마주쳤다는 걸 느낄 수 있었다. 지열은 그 자리에서 그만 얼어붙고 말았다. 사람이 정말 큰 충격을 받으면 비명조차 나오지 않는다는 걸 그때 처음 알았다.

하지만 충격은 거기에서 끝나지 않았다. 그 꽃의 덩굴에 휘감겨 있는 게 고시원 주인과 이웃들이라는 걸 발견한 순간, 피가 차갑게 식는 느낌이 들면서 손과 발에 힘이 쭉 빠졌다. 다리가 제멋대로 후들거리더니 꺾였다. 지열은 그 자리에서 그렇게 한참 동안 그저 주저앉아 있었다. 신고해야 한다는 생각도, 도망쳐야 한다는 생각도 들지 않았다. 지열의 머리는 커다란 공란이 생긴 것처럼 그냥 그렇게 비어 있었다.

"그 꽃이 저에게 조금씩 머리를 숙이고 다가오고 있다는 걸 순간 깨달았어요. 공격하려는 것보다는, 저를 살피고 있다는 게 느껴졌죠."

지열은 조심스럽게 손을 들어올렸다. 마치 인사하는 것처럼, 또는 항복하는 것처럼. 그러자 갑자기 끔찍하던 악취가 사라졌다. 하지만 꽃이 뿜어내는 엄청난 양의 꽃가루 때문인지 머리가 아프고 울렁거려 토할 것만 같았다.

그때, 아주 작게 중얼거리는 듯한 목소리가 들리기 시작했다.

분명 꽃이 말하고 있었다. 온전하지 않은 성대로 말하는 것처럼 음은 마구 빗겨나가고 있었지만, 고시원 주인의 목소리를 빌려 꽃은 말하고 있었다.

저 버섯을 먹어.

지열은 분명 그렇게 들었다. 무언가에 홀린 듯, 지열은 그 꽃의 덩굴에 기생하고 있던 묘한 빨간색 버섯을 씹어 삼켰다. 버섯은 공기처럼 가볍고 살점처럼 끈적했다.

그러자 놀랍게도 꽃의 목소리가 훨씬 더 분명하게 들리기 시작했다. 대화를 할 수 있을 정도로. 인간의 일반적인 소통 방식이 아닌, 거의 동시성에 가까운 느낌으로 주고받는 대화였다.

"에? 뭐라고요?"

수잔의 목소리가 커졌다.

"역시 믿기 어렵죠?"

"아니, 그냥 믿고 말고를 떠나 너무 신기한 이야기라서요. 버섯을 먹고 거대한 꽃이랑 이야기할 수 있게 되었다는 게."

수잔이 순수하게 감탄하자, 지열이 큰 소리로 웃었다.

"아, 정말 그렇긴 하네요."

영현은 수첩을 내려놓고 턱을 괸 채 지열의 이야기를 잠자코 듣고 있었다.

“그 꽃에게 이름이 뭐냐고 물었어요. 그런 건 없다더군요. 자기가 지구에 있는 어떤 생물과 가장 비슷하냐고 물었어요. 사실 비슷한 게 딱히 없기는 하죠. 그런데 갑자기 시체꽃이 떠오르더라고요. 그래서 말했죠. 아마 시체꽃이라고요.”

“아모르포팔루스 티타눔 말씀하시는 거죠?”

“네, 맞아요. 그러니 자기를 그냥 그렇게 불러달라고 하더라고요. 시체들 위에 서 있는 것도 어쩐지 어울렸고, 그래서 저도 그냥 그걸 시체꽃으로 생각하기로 했어요. 형사님은 시체꽃을 아시나요?”

지열이 묻자, 영현은 살짝 고개를 끄덕였다.

“직접 보러 간 적도 있었죠. 워낙 꽃 핀 모습을 보기 어렵다고 하니까.”

“역시, 형사님도 아실 것 같았어요.”

영현은 대답 없이 수잔에게 계속하라는 눈빛을 보낸 뒤 수첩으로 고개를 숙였다. 수잔은 짧게 한숨을 쉬고는 질문을 계속 이어갔다.

“시체꽃은 왜 거기서 자랐다고 하던가요?”

“기억나지 않을 정도로 오래전부터 깊은 땅속에 묻혀 있었다고 했어요. 그때는 씨앗이었대요. 고시원 지하에는 아주 오랫동안 겹겹으로 쌓인 시체가 묻혀 있었는데, 장마 덕분에 그 영양분이 흙 깊이 스며들어 씨앗에 도 닿았나 봐요. 그때부터 빠르게 자라기 시작해서 건물 지하부터 뚫고 4층까지 올라온 거죠."

"그 꽃이 고시원 사람들은 어떻게 된 건지 말 안 해주던가요?"

영현이 지열의 말을 싹둑 자르며 날카롭게 물었다. 지열의 입꼬리가 살짝 비틀렸다.

"그걸 보고도 두 달 동안 신고를 안 하셨고요."

"그 상황을 뭐라고 설명해야 할지 몰랐어요."

지열이 살짝 가라앉은 목소리로 말했다. 고개가 바닥으로 떨어졌다.

"신고하면 어쨌든 꽃을 죽일 것 같았어요. 그러니까 도저히 못 하겠더라고요."

지열은 시체꽃과 함께 폐허가 된 고시원 바닥에 앉아 비가 내리는 소리를 오랫동안 들었던 순간을 떠올렸다. 바닥과 벽이 이끼와 곰팡이로 빠르게 덮여가는 모습은 마치 그곳만 시간이 다르게 흐르는 것처럼 보였다. 꽃가루와 포자는 오묘한 빛을 내며 지열의 주변을 떠돌았다.

이윽고 깊고 무거운 새벽이 지나고 가벼운 꽃가루가 흩날리듯 밝은 아침이 찾아왔다. 지열은 그 커다란 꽃이 자신을 진지하게 살피고, 무엇이든 귀 기울여 듣고,

심지어 마음 가장 깊은 곳까지 읽고 있다고 느꼈다. 그 느낌은 오랫동안 아주 외롭고 바싹 말라 있었던 지열의 마음에 길고 긴 해갈의 장마가 되어주었다.

언젠가는 들킬 거라고 생각했다. 이렇게 커지고 있는 데다 지독한 악취까지 내뿜고 있으니.

"죽일 생각이신가요?"

지열은 잠시 눈을 감았다 떴다. 눈꺼풀이 파르르 떨렸다. 수잔은 영현을 슬쩍 돌아봤지만, 영현은 침묵을 택하기로 한 듯했다.

"그 꽃은 그냥 거기서 피어난 것 말고는 아무 잘못이 없는데요."

지열의 얼굴에 쓸쓸한 미소가 걸렸다.

"시체꽃이 시체를 영양분으로 삼는 건 그 생태계에서는 지극히 당연한 일이죠. 하지만 일단 그 꽃이 지구에서 자라난 이상, 저는 식물학자로서 그 꽃의 위험성을 연구할 수밖에 없어요. 당장 그 꽃을 없애지는 않을 거예요. 그냥 지금은 우리가 같이 살 수 있을지 아닐지, 알아가는 시간이 더 필요하다고 해야 할까요."

수잔이 먼저 입을 뗐다.

"그게 사람을 죽였다면, 그리고 사람을 죽인다면 이야기는 달라지죠. 지구에서 자라난 이상. 인간의 규칙은 그러니까요."

영현은 수첩에 무언가를 쓰면서 무심히 덧붙였다.

"인간은 최상위 포식자가 아니에요. 이제 곧 아닌 세계를 체험하게 될 거고요. 그러면 그 규칙도 쓸모없어지겠죠."

지열은 이전까지와 다르게 조금 도전적으로 대답했다. 영현은 고개를 들어 그런 지열의 눈을 똑바로 바라봤다. 잠시 정적이 흐른 후, 영현이 천천히 입을 열었다.

"인간이 그 꼭대기에서 내려올 때가 되긴 했죠."

영현은 농담이 아니었던 듯 딱히 웃지 않았지만, 그 말에 지열은 긴장을 거두고 활짝 웃었다.

"수잔 박사님은 겁이 많은 게 흰 백합 같고, 영현 형사님은 날카로운 게 꼭 파란 델피니움 같네요. 제가 두 분께 선물 하나씩 드려도 될까요?"

지열은 아까부터 계속 들고다니던 묵직한 검은 봉지에서 작은 테라리움 두 개를 꺼냈다. 그 안에는 조그만 이끼와 버섯이 뒤섞여 자라고 있었다.

"직접 만드신 건가요? 예쁘네요. 뭐 위험한 건 아니죠? 이게 시체꽃이 되어서 우리를 숙주로 삼는다던가……."

"위험하긴요. 전 테라리움을 좋아해요. 그 작은 세계

를 지키는 게 저를 이 세상에서 살아남게 했거든요."

지열은 수잔과 영현에게 각각 테라리움을 하나씩 건넸다. 수잔은 영현이 받지 않을 거라 짐작했지만, 영현은 두말없이 그걸 받았다. 심지어는 조금 기뻐하는 것 같기도 했다.

수잔은 지열이 준 그 작은 세계를 한참 동안 들여다봤다. 그 안에도 수잔이 처음 보는 세계가 있었다. 완전히 새로운 생태계. 수잔은 새로운 행성에 불시착한 기분이 들었다.

영현은 꽃에서 떼어낸 시체의 부검 결과를 기다리겠다고 했다. 그동안은 지열을 더 붙잡아둘 이유가 없었다. 지열은 본가로 돌아가겠다고 했다. 수잔은 일단 시체꽃의 샘플만 채취해두고, 당분간은 그 폐쇄된 고시원을 오가야 한다는 결론을 내렸다. 그 거대한 꽃을 분리해 어딘가로 옮긴다는 것도 당장은 불가능해 보이는 데다, 자칫 위험할 수도 있었다. 동료 연구원들은 차차 모아보기로 했다.

긴 새벽이었다. 비는 여전히 쏟아지고 있었지만, 회색 구름 사이로 아주 잠시 고개를 내미는 햇살은 눈부시게 밝고 아름다웠다. 수잔은 차를 몰고 집으로 돌아가는 동안 습관적으로 라디오를 틀었다. 너무 녹초가 되어서 그런 걸까. 귀에 쏟아지는 말은 어떤 의미 덩어리도 되지 않았다. 마치 무슨 외계어처럼. 조수석에서는 지열이 준 테라리움이 흔들렸다.

수잔은 그날부터 며칠을 내리 고열에 시달렸다. 줄줄이 있었던 강의를 모두 취소해야 했다. 아무리 약을 들이부어도 몸을 일으켜 물 한 모금 마시기도 어려웠다. 입을 열 힘이 없어 전화는 아예 받을 수가 없었고, 메일과 메시지의 글자는 마치 의미 없는 낙서인 것처럼 조각나 보였다. 뒤척이다 간신히 잠들면 꿈에서는 시체꽃과 고시원, 영현과 지열이 사람, 동물, 식물, 버섯, 이끼가 되어 마구 뒤엉켜 뛰어다녔다.

빨리 가서 그 꽃을 살펴봐야 할 텐데.

열로 인한 환영인지 푸른빛을 내는 포자가 밤새 수잔의 눈앞을 반딧불이처럼 둥둥 떠다녔다.

띠리리. 새벽에 전화가 울렸다. 수잔은 잠결에 전화를 받았다.

"여보세요?"

"박사님?"

"영현 씨?"

수잔은 있는 힘껏 목소리를 쥐어짜냈다. 날카롭던 평

소의 목소리와 달리 영현 역시 어딘가 힘이 풀린 목소리였다.

"몸은 괜찮으세요?"

"아, 안 그래도 그날부터 좀 이상해요."

"저도요. 뭔가 잘못된 건지, 꿈에서 자꾸 박사님이 나와서……."

"저요? 제가 나와요?"

그러고 나서 영현과 어떤 대화를 주고받았는지는 기억이 없었다. 어느 순간 눈을 떴는데 침묵 속에 조용히 통화 시간의 초 수가 규칙적으로 올라가고 있었을 뿐이었다. 수잔은 잠든 영현의 낮고 규칙적인 숨소리를 듣다가 전화를 끊었다.

그렇게 나흘 정도가 지났을까. 처음으로 아침 햇빛에 몸이 일으켜졌다. 수잔은 조금 더 가뿐한 마음으로 자리에서 일어났다. 책상 한구석에 올려놓았던 지열이 준 테라리움 속 이끼와 버섯은 순식간에 자라 밖까지 흘러넘쳐 있었다. 수잔은 책상이 그 작은 생태계에 점령당한 모습을 멍하니 바라보다가, 더듬더듬 가방을 챙겨 고시원으로 출발했다.

지겨운 장마는 계속되고 있었다. 수잔은 고시원 근처에 차를 세웠다. 근방은 폴리스라인으로 완전히 막혀 있었다. 수잔은 차 안에 앉아 쏟아지는 비로 무용지물이 되어버린 와이퍼가 한참 동안 왔다 갔다 하는 걸 바라보다가 영현에게 전화를 걸었다.

"안 그래도 연락드리려고 했습니다."

영현은 기다리고 있었다는 듯 전화를 받았다. 잔뜩 흐트러진 지난번의 통화와 달리, 이전처럼 무뚝뚝한 목소리였다. 영현도 수잔처럼 며칠간 지독하게 앓아누웠다가 이제 겨우 정신을 차리고 상황을 파악한 참이라고 했다.

"최지열이 사라졌어요."

"네?"

"고시원 주인의 시체에서 타살 흔적이 발견됐어요. 최지열은 본가에 간 적도 없었고, 고시원을 떠난 적도 없었어요. 직장에도 무단으로 출근하지 않은 상황이었고요. 장마가 시작되고부터 계속 그 고시원에서만 있었던 겁니다. 아직 추측이지만, 최지열이 고시원 주인을 살해하고 그 시체를 꽃에게 준 것 같습니다. 아마 주인이 신고하려고 했겠죠."

"다른 주민들은요? 설마…… 지열 씨가 다 죽인 건가요?"

"확신할 순 없지만, 그건 아닌 것 같아요. 나머지 거주인들의 사인은 정체불명의 바이러스 감염입니다."

"감염이요?"

"며칠간 고열에 시달리셨죠. 저희와 같이 현장에 나왔던 대원들도 그랬습니다. 그게 감염되면 나타나는 증상인 것 같아요. 곧 질병관리청에서 움직일 거예요."

"그분들은 좀 괜찮나요?"

영현은 잠시 말이 없었다.

"제가 보내드린 사진 확인해보시면 어떻게 됐는지 짐작하실 수 있을 것 같네요. 그보다, 혹시 지금 고시원으로 가시는 중인가요?"

"지금 그 근처예요. 한번 가봐야 할 것 같아서요."

"저도 바로 그쪽으로 가겠습니다."

영현은 전화를 끊었다. 그리고 곧 그가 보낸 몇 장의 사진이 도착했다. 수잔은 도저히 믿을 수 없어서 오랫동안 그 사진을 들여다봤다.

사진은 사건 현장이었다. 아마 같은 날 고시원으로 출동했던 대원들이었을 것이다. 그들은 침대에 누워 있거나, 책상에 엎드려 있었다. 그리고 그 위로는 고시원에서 봤던 것과 같은 이끼와 곰팡이가 두껍게 자라나 있었다. 시체를 영양분 삼아 자라난 것들은 기괴할 정도로 싱싱해 보였고 오묘한 생기를 내뿜고 있었다.

그런데 나와 영현은 아직 살아있잖아? 왜지? 가장 꽃에 가까이 다가갔는데?

수잔은 차에서 내려 고시원으로 걸어갔다. 출입 금지 표지를 밀어내고 안쪽으로 들어가자 한낮에도 깊은 동굴처럼 서늘하고 눅눅한 고시원의 모습이 눈에 들어왔다. 식물에 완전히 점령당한 그 모습이 마치 오래된 테라리움 같았다.

수잔은 4층으로 성큼성큼 올라갔다. 하지만 시체꽃이 있어야 할 자리에는 시들어 썩어가는 거대한 꽃잎만이 남아 있을 뿐이었다. 바닥이 미세하게 흔들리는 느낌이 들었다. 기분 탓인가. 수잔은 시체꽃 근처를 살폈다. 확신할 수는 없었지만, 꽃은 이미 씨앗을 맺고 진 것 같았다.

"박사님."

뒤에서 영현이 멍하니 서 있던 수잔을 불렀다. 그 역시 며칠 동안 꽤 아팠는지 얼굴이 해쓱했다.

"지열 씨가 이 꽃의 씨앗을 가지고 간 것 같아요."

수잔이 떨리는 목소리로 말하자, 영현은 그 자리에 우뚝 멈춰섰다. 지진이라도 난 듯 바닥이 흔들렸다. 수잔은 몸이 좋지 않아서 그런가 보다 생각했지만, 영현의 태도는 달랐다. 영현은 주위를 둘러보더니 버럭 소리를 질렀다.

“지금 당장 여기서 나가야 해요. 빨리!”

“예?”

영현은 엉거주춤하게 서 있던 수잔의 손목을 낚아채더니 고시원 계단을 뛰어 내려가기 시작했다. 쩌저적 무언가 갈라지는 소리가 들리면서 수잔의 뒤로 하나의 작은 세계가 무너지기 시작했다. 포자들이 흩날리며 총천연색의 반짝이는 빛들이 사방으로 뿌려졌다. 수잔은 오로지 앞에서 자신을 잡아끄는 영현의 손에 의지해 건물을 빠져나왔다.

고시원 건물은 연약한 모래성처럼 너무나도 손쉽게 무너져 내렸다. 다행히 포자와 먼지를 뒤집어쓴 것 외에는 수잔과 영현 모두 다치지 않았다. 영현이 빠르게 판단하고 움직인 덕분이었다. 수잔과 영현은 폐허 앞에 나란히 서서 푸른빛이 순식간에 삼켜버린 콘크리트 잔해를 바라봤다. 차가운 빗물이 두 사람의 얼굴을 타고 흘러내렸다.

“지열 씨는 이렇게 될 줄 알고 있었겠죠?”

수잔의 중얼거림은 빗소리에 그 끝이 희미하게 지워졌다.

무너진 고시원 건물 아래에서는 지열의 말처럼 신원을 확인할 수 없는 수많은 뼈가 발견되었다. 언제, 왜 이들이 여기에 묻혔는지 알아내기 위해서는 시간이 더 필요했다. 하지만 수사가 본격적으로 시작되기 전, 새로운 문제가 터지고 말았다.

곧 고시원 근처 주민들에게도 비슷한 감염 증상이 나타나기 시작했다. 고열에 시달리던 사람들은 사흘에서 나흘 째에 사망했고, 시체에서는 이끼와 곰팡이, 버섯이 빠르게 자라났다. 그리고 이어 괴상한 식물들이 그 주변을 뒤덮고 꽃을 피웠다. 조금만 늦게 발견하면 시체 근처는 이미 정글처럼 변해 있기 일쑤였다.

미확인 바이러스가 퍼져나가는 속도는 너무나 빨랐다. 심각한 곳은 아파트 전체가 고시원처럼 이끼로 뒤덮이기도 했다. 곧 비상사태가 선언되었다. 공기로 전염되는 신종 바이러스. 사람들은 모두 문을 걸어 잠갔고, 밖과 통하는 모든 구멍을 막은 채 공기 청정기를 돌리기 시작했다. 손쓸 틈도 없이 도시의 절반은 화려한 색깔의 곰팡이와 이끼, 버섯, 그리고 덩굴 식물로 뒤덮이기 시작했다.

괴이한 풍경이었지만, 그 믿을 수 없는 광경은 바라보면 쓰라린 죄책감이 느껴질 정도로 너무나 이상하게 아름다웠다.

그 전쟁통에서도 수잔과 영현은 살아남았다. 두 사람은 면역자였다.

영현은 수잔에게 자신의 집에 와줄 수 있겠냐고 물었다. 수잔은 이유를 묻지 않고 달려갔다. 아무도 돌아다니는 사람이 없는 도시는 고요했다.

영현은 작은 빌라의 꼭대기 층에 살고 있었다. 자신 말고는 모두 피난을 간 상태라 건물 자체가 비어 있다고 했다. 영현은 수잔이 미처 계단을 다 올라오기도 전에 문을 활짝 열어주었다.

영현의 집 안은 작은 식물원처럼 온통 초록빛이었다. 발 디딜 틈도 없이 식물이 바닥부터 천장까지 가득 차 있었다. 지열이 영현에게 주었던 테라리움은 어느새 영현의 식물과 함께 뒤섞여 마치 하나의 식물처럼 자라고 있었다. 집 전체가 커다란 테라리움 같았다. 영현의 조용하고 흔들림 없는 세계를 닮은.

"인간이 만든 물건은 다 망가트리면서도 식물들은 하나도 죽이지 않더군요."

영현이 말했다. 그 말처럼 영현의 집에 있는 가전제품은 하나같이 무슨 십 년 전쯤부터 방치된 것처럼 망가져 있었지만, 식물들은 전부 싱그러운 빛을 내뿜고 있었다. 얼마나 생명력이 넘쳐 보이던지, 당장이라도 잎을 흔들며 말을 걸 것 같았다.

영현은 수잔이 앉을 수 있도록 이끼가 잔뜩 자라 있는 나무 의자 하나를 권했다. 그리고 자기도 바로 그 옆에 앉았다.

"영현 씨도 우리가 그 테라리움 덕분에 면역이 생긴 거라고 생각하죠?"

수잔이 먼저 말을 꺼냈다. 영현은 조용히 고개를 끄덕였다.

"계속 연구하고 계신다면서요. 박사님은 뭘 좀 알아내셨나요?"

"그 시체꽃이 인간을 숙주로 하는 기생식물이라는 거요. 꽃가루가 공기를 통해 인간의 몸에 들어가면 내장을 파먹으면서 자라기 시작해요. 그렇게 바이러스처럼 번져나가죠. 신기한 건, 시체꽃도 스스로 다른 종의 숙주가 된다는 거예요. 그래서 그 주변이 그렇게 외계 열대 우림처럼 변하는 거고요."

수잔의 말을 들으며 영현은 깊은 한숨을 내쉬었다.

"그쪽은 소식 없나요?"

"최지열은 아직 못 찾았어요. 솔직히 찾을 인력도 지금 부족하고요. 고시원 건물 아래 묻혀 있던 시체들에 대한 수사는 시작되지도 않았어요. 지금은 그냥 매일 쏟아지는 새로운 시체와의 전쟁이죠. 이제 현장에 나갈 경찰도 없을 정도예요."

수잔과 영현은 잠시 집 안에 감도는 고요한 분위기에 잠겨 있었다.

"지금 연구소에서는 새로운 종 연구도 하고 있지만, 치료제도 같이 찾고 있어요. 아직 그냥 제 추측이지만, 지열 씨가 준 테라리움 안에 있던 버섯이 핵심인 것 같아요. 그때 지열 씨가 버섯에 관해 얘기했었잖아요. 그게 생각나더라고요."

"그걸 먹고 꽃과 얘기할 수 있게 됐다고 했었죠. 그때는 그냥 헛소리라 생각했는데. 상황이 이렇게 되고 보니 그 말이 맞을지도 모른다는 생각이 드네요."

"아파서 누워 있을 때 그 버섯 포자가 눈앞에서 날리는 걸 봤어요. 이상한 빛을 내면서."

"저도요."

영현은 한참 주저하다가, 결국 입을 뗐다.

"사실 진짜 궁금한 건, 최지열이 왜 우리한테 그걸 줬냐는 거예요."

"그건 만나서 직접 물어봐야죠."

수잔이 너무 당연하다는 듯 대답했기 때문에 영현은

살짝 움찔했다.

"우리가 살아남을 수 있게 해줬다면, 언젠가는 다시 만나자는 뜻이지 않을까요?"

"그게…… 뭐, 그럴 수 있겠네요."

영현은 먼 곳을 바라보면서 대답했다.

"근데 아까부터 이거 무슨 소리예요? 혹시 라디오 같은 거 켜놨어요?"

"아뇨?"

버섯을 먹어.

수잔과 영현의 눈이 마주쳤다. 서로의 눈빛에서, 두 사람 다 분명히 그 소리를 들었다는 게 분명히 읽혔다. 수잔과 영현의 시선이 지열이 줬던 테라리움 쪽으로 향했다. 그곳에는 시체꽃처럼 붉은 버섯 두 개가 머리를 들어올리고 있었다.

"봐요."

영현은 수잔이 가리킨 곳을 바라봤다. 창문 밖으로 시체꽃의 그 기이하게 붉고 아름다운 머리가 거인처럼 천천히 건물을 타고 기어올라오는 모습이 보였다. 꽃의 시선은 정확히 수잔과 영현을 향하고 있었다.

영현은 자리에서 일어나 창문을 열었다. 수잔도 그 옆에 와서 섰다. 두 사람은 이제 시체꽃과 마주하고 있었다. 장대비와 함께 방 안으로 바람이 훅 들이치자 무지개색 포자가 사방으로 흩날렸다. 그 반짝이는 가루는 수잔과 영현에게 안기듯 들러붙었다.

수잔은 지열이 그랬던 것처럼, 천천히 손을 들어올렸다. 마치 인사하는 것처럼, 또는 항복하는 것처럼. 얼음 같은 빗물이 수잔의 차갑게 식은 손가락을 타고 흘러내렸다.

안녕하세요.

나지막한 목소리가 시체꽃에서 흘러나왔다.

그건, 지열의 목소리였다.

작가의 말

칠 년 전, 곧 문을 닫는다는 낡은 게스트하우스에서 아르바이트를 한 적이 있었습니다. 총 열여덟 개의 방 중 여섯 개는 오래전부터 심각한 누수로 폐쇄된 상태였어요. 고칠 예산도 없다 보니 몇 년째 그 방들은 열어보지도 않았다더군요. 장마가 지속되던 날이었어요. 조용한 복도를 지나가는데, 폐쇄된 방에서 물소리가 나는 게 아니겠어요? 이 정도면 천장에 구멍이 난 게 아닌가 싶어 문을 열어봤죠. 아직도 그 물기 가득한 장면이 기억나요. 천장에서부터 벽을 타고 줄줄 흘러내리는 물과, 시커멓게 썩을 대로 썩어버린 매트리스와 가구, 그리고 빈틈없이 모든 걸 뒤덮고 있던 곰팡이꽃과 버섯을요. 이미 어느 수준을 넘어가버린 그 풍경을 보고 있자니, 그 조용하고 어둡고 축축한 하나의 세계에서는 문을 벌컥 열고 들어간 제가 오히려 침입자 같았어요. 어쩐지 방해하고 싶지 않아 조용히 문을 닫고 나왔죠. 그 장면이 올해 장마를 겪으며 다시 떠오르더군요. 일상에 조용히 웅크리고 있던 낯선 세계와 마주했던 순간. 이 작품을 통해 여러분도 그 묘하기 그지없는 순간을 만나시길 바라요.

이달의 장르소설

네 이웃을 사랑하라

정재환

1981년생. 서울에서 태어났다. 한국영화교육원을 졸업하고 방송 PD, 시나리오 작가 등으로 일했다. 황금가지 타임리프 공모전으로 데뷔하였으며 이후 『맥아더 보살님의 특별한 하루』, 『대스타』 등의 앤솔러지에 단편을 실었다. 첫 장편 『선우에게』가 곧 출간될 예정이다.

당신은 옆집에 누가 사는지 아는가? 안다면 그를 얼마만큼 아는가? 그러니까, 겉으로 보이는 생김새 말고, 어쩌다 들은 직업 말고, 진짜 그에 대해서 말이다. 언제 눈이 까뒤집힐 정도로 웃고, 플레이리스트에는 어떤 음악이 영순위며, 현재는 어떤 문제로 어려움을 겪는지 그런 것들 말이다. 다달이 대출 이자 갚기도 바쁜데 그럴 여유가 어디 있냐고? 권하건대, 앞만 보고 바삐 가던 길 잠시 멈춰 서서 고개 돌려 옆집을 보라. 다가가 이웃의 손을 따뜻하게 감싸 쥐어라. 단언컨대, 당신의 미래가 바뀐다. 세상의 모든 이웃은 특별하다. 당신이 자세히 보지 않아서 그렇지.

나도 그랬다. 머릿속 계산기를 두들겨 내게 플러스가 되지 않는 이웃에겐 눈길 한 번 주지 않았다. 내 인생을 뒤바꾼, 내 꿈을 이루게 해준 그녀를 만나기 전까지는. 이제부터 나는 당시 이웃과 내가 느낀 그 특별한 감동을 함께 나누고자 당신에게 이 이야기를 전한다.

약 일 년 전, 삼십 대 초반의 돌아온 싱글인 나는 서울의 중심부에 위치한 대단지 아파트 인드라망에 입주했다. 아, 모두 내가 이혼했다고 하면 그 사유가 궁금해 죽겠다는 눈빛이면서도 차마 묻지는 못하길래 미리 말하자면, 전남편과 나 사이에 딱히 특별한 문제가 있던 것은 아니었다. 팔 개월 동안 나와 힘겹게 버티고 살던 전남편이 삼키고 삼키다 마지막에 겨우 토해낸 말은.

"지선아. 너는 묘하게 서늘해."

연애할 때는 나의 그런 면이 어딘가 신비롭기도 해서 매력이었는데, 막상 결혼해서 함께 살자니 그 서늘함을 도저히 견딜 수 없다고. 아이라도 생기기 전에 빨리 정리하자고. 참나, 돈 문제라면 재미라도 있었을 텐데.

내가 지금 전남편의 흉을 보려는 건 아니다. 관세사였던 그는 벌이도 괜찮았고, 시간 여유도 충분했고, 무엇보다 자상했다. 괜찮은 남자였다. 가끔 대책 없이 낙관적이었다는 점만 빼고. 전남편은 이따금 우리의 장밋빛 미래를 말하면서도 그것을 실제로 이룰 구체적인 계획은 없었다. 그냥 이렇게 열심히 살다 보면 근사한 미래가 오지 않겠냐고. 오지 않는다. 계획이 있어야지.

따분한 이야기는 이쯤에서 그만두고, 당시 내가 세운 근사한 계획이나 들어보라.

당시 내가 입주한 인드라망은 지역 주택 조합 방식으로 지은 아파트 단지였다. 삶이 참을 수 없을 만큼 지루하다면 당장 지역 주택 조합에 가입하라는 말을 아는가? 등 긁으며 하품이나 하고 있지는 못할 거다.

지옥 주택, 아니 지역 주택 조합 아파트는 지역 주민들이 조합을 결성해서 공동으로 용지를 매입하고 건설사를 선정해 공사를 진행하는 아파트를 말한다. 말이 뚝딱뚝딱 쉽지 조합 구성, 토지 매입, 사업 계획 승인 등등 전부 얼굴 벌게져서 남의 멱살을 휘어잡거나, 수백 번 쌍욕을 내뱉으며 해결해야 할 문제들이다. 그나마도 성공하면 모를까, 대부분 착공은커녕 부지조차 확보 못하고 십 년은 늙거나 목돈만 날린다.

나는 운이 좋았다. 그래, 지금 생각해보면 분명 될 일이었다. 주택법도 개정하고 농지를 택지로 바꾸는 등 무려 십여 년 동안 파란만장한 과정 끝에 완공된 인드라망은 아파트로서 훌륭한 조건을 전부 갖췄다. 지주택의 최대 장점인 저렴한 분양가부터 시작해 트리플 역세권, 훌륭한 학군, 풍부한 상권 및 편의시설까지 명실상부한 이 지역 대장이었다.

아, 여기까지만 말하면 마치 내 계획이 부동산의 막대한 시세 차익이나 노리는 것처럼 보일 수도 있겠지만 그게 아니다. 겨우 그 정도로 근사한 계획이란 말을 쓸 만큼 내가 시시한 사람은 아니다. 마침내 모든 역경을 뚫고 인드라망의 착공이 결정된 후, 나는 십만 제곱미

터의 광활한 공사 부지를 둘러보며 결심했다.

이곳에 나의 빛나는 피라미드를 건설하기로.

세계적인 네트워크 마케팅 회사 아티온의 블루 다이아몬드인 나는 지난 십여 년간 축적된 노하우를 바탕으로 이곳의 주민들로 구성된 거대한 판매망을 구축하기로 마음먹었다.

그때부터 나는 조합원 모임에 나가 얼굴도장을 찍었다. 조합장은 물론, 골치 아픈 일을 성사시켜 어깨가 머리 위로 올라간 영웅 조합원들과도 적당히 친분을 쌓았다. 그러다 가끔씩 조합 사무실에 모여 수다라도 떨게 되는 상황이 오면 무심하게 나의 제품을 꺼내 모두에게 선보였다. 생전 처음 경험하는 특별한 커피 맛에 사람들은 감탄하고 물어볼 수밖에.

"와, 이건 무슨 커피예요?"

일랑코 골드. 케냐 따리따두 지역에서 자란 원두만을 엄선해 로스팅하고, 2018년도 월드 바리스타 챔피언십에 참가한 브루스 막심의 특별한 공법으로 만든 일랑코 골드는 내 몸에 부담을 주는 일반 설탕이 아닌 건강한 단맛을 내는 다르다리 슈가를 사용, 다른 제품들과는 차별화된 진하고 풍부한 커피 맛을 낸다.

이 클래스가 다른 믹스 커피가 나의 첫 번째 아이템

이다. 그 외에도 특별한 제품이 많다. 아티온은 늘 최고의 제품만 취급하니까. 나는 이 수준 높은 제품들을 팔아 최고의 실적을 올려 아티온에서 가장 빛나는 블루다이아몬드가 될 것이다!

그런 근사한 목표를 세우고 이사 온 인드라망에서 나는 입주 후 삼 개월 동안이나 옆집에 사는 이웃을 한 번도 마주치지 못했다. 아무도 살지 않는 건 아니었다. 이사 직후, 관리사무소에서 키를 수령하고 확인란에 서명을 했던 나는 내 이름 바로 아래에 적힌 옆집 여자의 이름과 이미 공란을 채운 사인을 분명히 보았다.

109동 802호 김옥순.

그녀는 무려 입주 첫날에 들어와 살고 있었다. 처음엔 그녀가 유령인 줄 알았다. 사람 사는 흔적이 전혀 없었다. 그녀를 마주친 적이 없음은 물론이고 현관문 여닫는 소리도 한 번을 듣지 못했다. 집 앞에 짐 하나 내놓는 법도 없었다. 으레 그렇듯 신축 아파트 현관문에 각종 업체들이 붙여놓는 광고 전단도 단 한 번을 떼질 않아 옆집 현관문엔 광고 전단이 늘 덕지덕지 붙어 있었다. 어쩌다 밖에서 층수를 세고 옆집의 창을 올려보면, 낮이고 밤이고 단호하게 쳐놓은 진갈색 암막 커튼만 보였다. 나중엔 그게 커튼이 아니고 벽처럼 느껴졌다.

입주 후 두 달이 넘어서야 김옥순이 사람이라는 증거를 발견했다. 한 번은 옆집의 현관문 앞에 택배 상자 하나가 놓여 있었는데, 평소 그녀의 정체가 궁금했던 나는 다소 주책스럽게도 고개를 빼고 상자에 붙은 송장을 훔쳐보았다. 그것은 브로멜라사이드 성분이 다량 함유된 고가의 화장품이었다. 브로멜라사이드는 피부 진정에 탁월한 효과가 있어 고가이긴 하지만 피부과 의사들이 많이 추천해주는 화장품 성분이다.

놀랍게도 한 번은 음악 소리가 들린 적도 있다. 현관문을 열고 집으로 막 들어가려던 나는 옆집에서 갑자기 새어나오는 음악 소리에 발걸음을 우뚝 멈췄다. 이웃은 소리가 너무 크다는 걸 알았는지 금방 볼륨을 줄이긴 했지만, 잠깐 들은 그 클래식의 도입부는 분명 베르디의 레퀴엠이었다. 내가 이 사업에 뛰어들었던 초창기에 많이 팔던 클래식 전집의 1번 트랙이라 익히 알던 음악이다.

고가의 화장품을 쓸 정도로 피부에 신경을 쓰고, 아마도 오랜 출장이 잦고, 클래식을 즐겨 듣는 여자라. 이웃의 정체를 제대로 추리하기에는 그 단서가 너무 적었다. 음악 소리가 들렸던 그날, 나는 잘 지내보자는 진부한 메모와 함께 그녀의 집 앞에 내 눈에 좋은 일등 눈 건강식품 아이조아를 두고는 그녀에 관한 관심을 끊었다.

나의 피라미드 공사는 순조로웠다. 입주 초기, 한 할아버지가 커뮤니티 센터 옥상에서 보수 공사 중이던 난간과 함께 추락해 사망하는 사고가 있었지만, 며칠 소란스러웠을 뿐 큰일은 아니었다. 입주민들은 죽은 노인을 추모하기보다 난간 공사를 맡은 업체를 추궁해 공사를 빨리 마무리 짓도록 압박하는데 더 많은 신경을 썼다. 새로운 곳에서 새로운 시작을 하려는 사람들에게 이름도 모르는 이웃의 추락사는 불길해 피하고 싶은 일이었다.

나 역시 한참 주변을 탐색하던 시기라 바빴다. 이 일을 하려면 사람을 두 종류로 구분할 줄 알아야 한다. 내 제품을 살 고객인지, 내 제품을 팔 마스터인지. 탐색 결과, 부녀회장과 아파트 관리사무소장에게서 마스터의 자질이 보였다. 게다가 둘은 내가 단지 내에서 여러 가지 마케팅을 하는 데 큰 도움을 줄 수 있는 위치에 있었다. 부녀회가 벌이는 마을 행사에서 여러 제품을 홍보할 수도, 판매할 제품의 샘플을 단지 곳곳에 슬쩍 놓아두어도 관리사무소의 제지를 피할 수도 있었다. 나는 꽤 공을 들여 둘을 구워삶았고, 그들이 유독 지치고 힘들어보이는 날을 골라 그들에게 거부할 수 없는 제안을 했다.

“걱정되고 불안하시죠? 그게 다 앞날이 불투명해서 그래요. 미래가 보장되는 괜찮은 계획이 하나 있는데 들어보실래요?”

나와의 만남이, 나의 제안이 그들 인생의 커다란 전환점이라 생각한 그들은 결국 내 황금빛 피라미드의 든든한 두 기둥이 되었다. 부녀회장에겐 눈부시게 환한 피부를 만들어주는 에센스 앱설루트 퓨어 화이트가, 관리소장에게는 고개 숙인 중년 남성의 자신감을 되찾아주는 건강기능식품 맨 파워 울트라가 결정적인 역할을 했다. 이 사업에 처음 뛰어든 사람들이 흔히 하는 실수가 사람 간의 신뢰가 우선인 줄 알고 인간관계에 힘을 쏟으며 무언가를 해보려고 용쓰는데 어림도 없다. 제품이 좋아야 한마디라도 더 들어본다. 제품이 먼저다. 사람은 그다음이다.

내 이미지메이킹도 성공했다. 평일 오전, 단지 내 골프 연습장에서 명품 드라이버를 휘두르는 나는 성공한 젊은 사업가였고, 간밤에 높이 쌓인 눈을 솔선수범해 치우는 나는 공동체 의식이 투철한 주민이었다. 그러다 비 오는 날엔 우산도 내던지고 통학하는 아이들의 교통지도를 하는 나는 따듯한 마음씨를 가진 우리네 이웃이었다.

하지만 언젠가 단지를 거닐다 우연히 듣게 된 주민들의 수다로 나는 더 이상 내 이미지메이킹을 할 필요가 없음을 알게 됐다. 그들은 내가 말하지도 않은 나의 이혼 사유를 떠들고 있었다. 능력 있고 완벽한 나를 감당할 수 없어 남자가 스스로 나가떨어졌을 거라고.

따지고 보면 아주 틀린 말도 아니지.

뭐? 내가 이중인격자라고? 연기자라고? 나는 묻고 싶다. 왜 사람은 한 가지 인격만 고수해야 하는가? 왜 스스로 자신을 규정하고 한계 짓는가? 그게 살아가는 데 어떤 도움이 되는가? 당신은 변하지 않는 고정된 주체인가? 자신이 고정되었다고 믿는 순간 삶이 괴로워진다. 인도의 성자 크리슈티나 툴레가 당신에게 삶의 의미를 묻는다. 그의 문제적 신간 '내맡김'. 서점에서는 구할 수 없고 오직 아티온의 홈페이지를 통해서만 구할 수 있다. 메가 히트 제품은 아니지만 입소문을 타고 불면증 환자들이 많이 구입한다.

나의 마케팅 전략은 대성공이었다. 주민들은 나와 아티온의 제품에 지대한 관심을 보였고, 그들의 궁금증이 최고조에 달했을 때 나는 시의적절하게 제품 설명회를 잡았다. 나는 직속 스폰서인 황을 설명회의 강연자로

초대했다. 황은 전 세계에 딱 여섯 명이자 한국에서는 단 한 명만 오를 수 있는 아티온의 레드 다이아다.

아! 레드 다이아! 거대 피라미드의 꼭대기! 아티온에서 가장 영광된 자리!

매달 억대 연금이 나오는 레드 다이아는 아티온과 제휴한 호텔이 제공하는 럭셔리 룸과 항공사가 제공하는 퍼스트 클래스 티켓을 이용해 세계 곳곳을 여행한다. 아티온의 모든 마스터들에게 성공의 아이콘이 되는 것이 그들이 해야 할 유일한 일이다. 모두가 원하지만 아무나 오를 수 있는 자리가 아니다. 황의 바로 아래 계급인 나조차도 그 자리에 오르려면 앞으로 십여 년은 꾸준한 실적을 올려야 될까 말까 하다.

황은 알면 알수록 모를 인간이었지만, 레드 다이아의 자리는 다 이유가 있어서 오른 것이다. 이런 분위기에 그녀에게 판을 깔아준다? 게임은 끝났다. 그렇게 생각했다.

설명회 전날 밤. 나는 완공된 피라미드 꼭대기에 올라 깔깔 웃으며 일랑코 골드를 뿌리는 꿈을 꾸었고, 꿈 깨고도 이부자리에 누워 마저 웃었지만, 이어 설명회가 취소되었다는 부녀회장의 전화를 받고는 웃음기를 싹 거뒀다. 대체 왜 취소됐냐고 따질 수도 없었다. 간밤에 단지 안에서 사람이 죽었다. 살인마가 한 입주민의 몸을 깔고 앉아 목을 조르는 충격적인 장면이 단지 내 CCTV에 고스란히 찍힌 명백한 살인 사건이었다.

그런데 세상에. 그보다 더 충격적인 일은 그날 오후에 벌어졌다. 앞서 있었던 할아버지의 추락사도 사실은 살인 사건이었다는 양심 고백이 터진 것이다.

당시 사건을 현장에서 목격했던 경비원은 인드라망의 온라인 커뮤니티에 그때의 상황을 상세히 폭로했다. 그의 말에 따르면 정체를 알 수 없는 한 괴한이 할아버지를 옥상 난간으로 밀어붙이며 그의 목을 졸랐고, 보수 공사 중이었던 난간이 둘의 무게를 더는 버티지 못하고 기울어지자 급히 뒤로 물러선 괴한과 달리 할아버지는 난간과 함께 그대로 땅바닥으로 추락했다고 한다. 사건 현장에 첫 번째로 달려온 조합장에게 자신이 목격한 장면을 그대로 전한 경비원은 수사가 시작되면 경찰에 증언하려 했지만, 어찌 된 일인지 사건은 그대로 사고사로 마무리되었다. 알고 보니 입주가 시작된 지 얼마 안 된 아파트에서 살인 사건이 일어났다는 사실이 께름칙했던 조합장은 출동한 경찰이 함께 떨어진 난간을 보고 사고사로 가닥을 잡자, 목격자가 있다는 말도 굳이 전하지 않았다. 나중에 자신이 따지고 들자, 조합장이 자신에게 꽤 큰돈을 내밀어 그만 회까닥 눈이 돌아 입을 닫았다고.

아! 찬란한 나의 황금빛 피라미드가 세워질 땅에 연쇄살인이라니! 설명회가 취소된 건 둘째치고 무엇보다 단지 내의 공기가 급격히 싸늘해졌다. 이런 분위기라면 파리 튀랑의 연구원들이 한국인의 식습관을 고려해 국내산 곡물 여덟 종을 황금비율로 담은 강력한 다이어트 보조제 라이트라이트 라이프가 힘을 발휘하기 힘들다. 라이트라이트 라이프는 올여름 해변가에서 태양보다 뜨거운 핫 보디를 뽐낼 수 있는 여성들에게 거부할 수 없는 초이스인데, 이런 분위기면 핫 보디고 나발이고 문단속 두 번 하고 집 안에 틀어박혀 뉴스나 보아야 한다.

급히 새로 뽑힌 조합장은 살인마의 모습이 담긴 CCTV 영상들을 입주민 단체 채팅방에 뿌렸다. 만나면 조심하라는 뜻이 아니었다. 만나면 때려잡으라는 뜻이었다. 허나 범행 시각이 어두운 밤인 데다, 살인마의 모습은 카메라와 먼 거리에서 찍혔거나 후드를 깊게 눌러 쓴 모습들뿐이어서 알아보기 힘들었다. 심지어 애매한 체형이라 성별조차 불분명했다. 다만, 피해자인 남성의 필사적인 저항을 이겨내고 끝까지 목을 조르는 완력을 볼 때 아마 남자가 아닐까 예상만 할 뿐이었다.

살인마는 단지 후문 근처 흡연 구역에서 담배를 태우는 젊은 남자를 기습적으로 덮쳐 땅바닥에 넘어트리고 목을 졸랐는데, 범행의 마지막 단계엔 다소 기괴한 행동을 보였다. 자신이 깔고 앉아 목을 조르던 남자가 죽었는지 꼼짝도 하지 않자, 살인마는 고개를 뒤로 젖혀 하늘을 보며 몸을 부르르 떨었다. 그게 마치 어떤 쾌감을 느끼는 것처럼 보여 소름이 돋기도 했다.

여러 CCTV에 찍힌 동선으로 보았을 때, 살인마가 우리 아파트 주민은 아닌 것 같았다. 범행 전에는 그가 단지 밖에서 안으로 들어오는 모습이, 범행 후에는 단지 안에서 밖으로 나가는 모습이 찍혔기 때문이다. 금세 소문이 퍼졌다. 우리 인드라망의 집값이 수직 상승하자 주변 아파트 단지의 어느 미친놈이 배가 아파 벌인 일이라고. 그러지 않고서야 왜 굳이 우리 아파트에 침입해 애먼 사람을 죽이겠냐고. 입주민들은 넋 놓고 경찰의 수사만 기다리지 않았다. 발 빠르게 비상대책 위원회를 세운 입주민들은 빨간 머리띠를 질끈 매고, 두꺼운 각목을 하나씩 들고, 교대로 단지 내 순찰을 돌았다.

나는 비대위에 가입한 첫 번째 주민이었다. 못 박힌 각목은 늘 내 차지였다. 십여 년간 축적된 내 마케팅 노하우를 이곳에 모두 쏟아부었다. 이제 벽돌 하나만 올리면 완공될 이 황금 피라미드가 고작 변태 살인마 한 놈 때문에 무너지는 꼴을 보고만 있을 수는 없었다. 살인 사건이 한 번만 더 벌어져도 모든 게 끝장날 터였다.

지속된 밤샘 순찰로 극심한 피로를 느껴 팔아야 할 비타민 신제품을 내가 다 털어먹을 즈음, 스폰서 황으로부터 느닷없는 문자 한 통을 받았다.

— 박수봉 마스터님 어제 육백만 포인트 터졌어요! 다니던 교회를 뚫어서 공기청정기를 육십 대 팔았다나. 오 마이 갓! ㅎㅎㅎㅎ

박수봉이라는 인물은 내 밑에 있는 사파이어 마스터인데, 한마디로 그의 포인트가 급등해 심지어는 내 자리까지 넘보고 있으니 너도 빨리 뭐라도 팔라는 압박이었다. 이 땅에 새로 새운 피라미드로 최고의 판매 실적을 쌓는 꿈을 꾸었지만, 최고 실적은커녕 겨우 차지한 내 자리마저 내주게 생겼다. 그럴 순 없다. 호적도 파고 얻은 블루 다이아다.

이불을 박차고 일어나 컴퓨터 앞에 앉은 나는 그 자리에서 살인마의 기본 유형부터 시작해 연쇄살인의 정신 분석학적 이해와 형법학적 고려라는 논문까지 독파했다. 그렇게 뜬눈으로 새벽을 관통하며 살인마를 잡을 실마리를 찾던 나는 동틀 무렵 극적으로 그 이름과 마주했다.

이신영.

그녀는 무려 스무 건에 가까운 살인을 저지른 대한민국의 지명수배자다.

그녀를 발견한 건 한 유튜브 채널에서였다. 한국의 미제 사건이나 살인 사건 등을 콘텐츠로 다루는 그 채널에선 공개된 경찰의 발표나 신문 기사들을 짜깁기해 영상을 만들었는데, 사람들의 이목을 끌어야 하니 그 포장에야 다소 과장이 있었지만, 어찌 됐든 팩트를 기초로 만든 듯 보였다. 그 영상에 따르면 그녀의 소개는 이렇다.

삼십 대 중반인 이신영은 전형적인 쾌락형 연쇄살인마로서 한때 63킬로그램 급 유도 국가대표 상비군이었을 정도로 수준급 유도 실력을 가지고 있다. 범행 수법은 오로지 교살. 저항하는 상대의 목을 졸라 그 숨통을 끊는다. 전문가들은 그녀의 범행 모습으로 볼 때, 살기 위해 펄떡거리는 상대를 완전히 제압하는 데서 어떤 변태적인 쾌감을 느끼는 것 같다고 입을 모아 말한다.

그 외에도 여러 특이사항이 있었는데, 남자들을 훨씬 더 많이 죽인 건 놀랍다 치고, 그 많은 살인에도 경찰에게 잡히지 않은 용의주도함도 장하다 치고, 내가 그녀에게 특별히 관심을 가졌던 이유는 단 한 가지 에피소드 때문이었다.

언젠가 경찰이 그녀의 거처에 급습한 적이 한 번 있었는데, 어떻게 알았는지 귀신같이 위험을 감지한 이신영은 기막힌 방법으로 도망쳤다. 간발의 차이로 그녀를 놓친 경찰은 허탈한 심정으로 빈집 안에 흐르는 클래식 음악을 하나 듣게 되는데, 그렇다. 그 클래식이 바로.

레퀴엠!

오 마이 갓!

턱 밑까지 다크서클이 내려왔지만, 그 어느 때보다 생기 있는 눈빛을 번쩍이며 나는 해가 다 뜨기도 전에 관리사무소 문을 박차고 들어갔다. 이미 내 편인 관리소장에게 대충 둘러댄 나는 8층 복도에 설치된 CCTV 영상을 전부 구해 확인했고, 그 결과 충분히 수상한 점 하나를 발견했다. 옆집에 사는 이웃은 입주 후 지금껏 단 두 번만 집 밖으로 나갔다. 그것도 충분히 이상하지만, 수상하기까지 한 이유는 그 두 번의 외출 모두 살인 사건이 벌어진 날에 이루어졌다는 점이다. 그중 나는 할아버지가 살해당한 날에 이웃의 집에서 새어나온 레퀴엠을 들었다. 그저 우연이 겹친 것뿐일까?

감색 운동복을 입고 외출한 이웃은 집 밖으로 나오자마자 곧바로 아파트 정문을 통해 단지 밖으로 나갔다. 야구 모자를 잔뜩 눌러써 그 얼굴을 확인할 수는 없었지만, 한 가지 공통점은 발견할 수 있었다. 그녀는 외출한 두 날 모두 살인마가 단지 안으로 들어오기 전에 단지 밖으로 나갔고, 살인마가 단지 밖으로 나간 후에 단지 안으로 들어왔다. 물론 이 점이 특별히 의심스럽다고 말할 수는 없다. 그 두 가지 조건을 갖춘 사람은 그녀뿐만이 아니다. 회사에서 늦게 돌아오는 많은 사람이 그렇다. 하지만 그들 모두 레퀴엠을 들었을까? 아니지. 다음 수사를 진행하기에는 충분히 의심스러운 구석이었다.

나는 부녀회 조직망을 총동원해 단지 앞 상가의 CCTV 영상을 닥치는 대로 구했다. 상가 앞 인도에 그녀가 찍힌 영상들을 시간 순서대로 나열해 그 대략의 동선을 파악한 나는 그 동선을 직접 달려보면서 절로 한 가지 추리를 할 수 있었다. 어딘가 수상한 이웃의 조깅 코스와 살인마보다 먼저 나가고 이후에 들어온 특징까지 더하니 딱 들어맞는 가설이었다. 비록 그 가설을 증명할 결정적 증거는 끝내 찾아내지 못했지만, 나는 그때쯤 확신했다.

옆집에 사는 여자는 평범한 이웃 김옥순이 아니라 연쇄살인마 이신영이다!

이제 그녀의 정체를 확인할 차례였다. 그녀가 눈치채고 도망가지 않도록 신중하게 접근해야 했다. 나는 우리 집에 배달 온 택배기사에게 수고비를 주며 그녀의 집 앞에서 벨을 눌러보게 하고, 관리사무소에 등록된 그녀의 휴대폰 번호로 전화도 걸었지만, 그녀는 쉽게 얼굴을 보여주지도 목소리를 들려주지도 않았다. 당연하다. 그녀는 무려 지명 수배 중이니까.

나는 다른 돌파구를 찾기 위해 심부름센터에 김옥순의 주민등록번호를 주며 그녀의 신상을 알아봐달라고 의뢰했다. 돈이 조금 들었을 뿐, 센터에서는 채 하루도 지나지 않아 그녀의 신상을 이메일로 보내주었다. 함께 첨부된 증명사진 속 그녀의 모습은 별다른 특징 없는, 평범한 삼십 대 여성이었다.

부산 사하구 지음 보육원 출신…….

부산에서 초중고 졸업 후, 식품 공장, 식당, 옷 가게 등을 떠돌며 근무…….

3년 전 상경…….

부산 토박이라. 그 정보로 옆집에 사는 그녀가 이신영인지 확인할 방법은 찾지 못했지만, 최소한 그녀가 김옥순인지 아닌지는 가려낼 방법을 찾았다.

며칠 후, 옆집의 아래층에 사는 702호 여자와 안면이 있던 나는 그녀가 평소 관심을 보이던 제품을 손수 가져다준다는 핑계로 그녀의 집 앞으로 찾아갔다. 그녀가 관심 있던 제품 외에도 여러 종류의 화장품 샘플을 선물했고, 입이 귀에 걸린 그녀의 집 앞에서 성심성의껏 제품을 설명했다. 이런 상황에서 이제 그만 집으로 돌아가겠다고 했을 때, 보통의 이웃이라면 빈말이라도 한마디 안 할 수 없다.

"아유, 가시게요? 안에 들어와서 차라도 한잔하고 가시지."

"그럼 그럴까요?"

그녀의 얼굴에 당황한 기색이 역력했다. 소파에 널브러져 평화롭게 야구를 보던 그녀의 남편은 갑자기 들이닥친 불청객 때문에 어색하게 웃으며 안방으로 쫓겨났고, 샤워 후 팬티 바람으로 나온 그녀의 장성한 아들은 서프라이즈 파티에 자신의 방으로 후다닥 뛰어들어갔다. 그녀가 예정에도 없던 손님맞이를 부랴부랴 하는 동안 나는 주방 식탁에 앉아 천장을 노려보았다.

이신영. 너 거기 있지?

702호 여자가 가져온 이름도, 맛도 전혀 기억나지 않는 차를 마시며 시간을 끌던 나는 자꾸 혼자 무슨 소리가 들리는 척 고개 들어 천장을 노려보았다. 적당한 간격을 두고 똑같은 행동을 서너 번 반복한 나는 더 이상은 도저히 못 참겠다는 표정으로 인터폰의 수화기를 들어 802호를 호출했다. 휴대폰이야 무음으로 하든 꺼놓든 신경 끌 수 있겠지만, 내가 알기로 이 인터폰의 요란한 호출음을 벗어날 방법은 수화기를 들어 받는 것 외에는 없다. 아니나 다를까 끈질긴 호출 끝에 결국 그녀는 수화기를 들었고, 나는 기다렸다는 듯이 쏘았다.

"아니, 시끄러워 죽겠네! 지금 시간이 몇 신데 쿵쿵거려요! 발에 망치를 달았어요? 시대가 어느 땐데 이 야심한 시간에 슬리퍼도 안 신고 다녀요!"

702호 여자가 '옴마, 이 여자 알고 보니 성깔 있네?' 하는 표정으로 쳐다보았지만 내 이미지 챙길 때가 아니었다. 한바탕 쏟아부은 나는 그녀의 대답을 토씨 하나 놓치지 않으려고 귀를 쫑긋 세웠다. 잠시간 침묵이 이어진 뒤 수화기 너머에서 그토록 기다렸던 한마디가 들려온 후 연결이 끊겼다.

"우리 집 아니에요."

완벽한 표준어였다. 사투리라고는 단 하나도 섞이지 않은. 부산 토박이인 김옥순에 비해 이신영은 서울에서만 삼십 년을 넘게 살았지. 그래, 아마 김옥순은 인드라망에 들어오기 전에 이미 죽었다. 방금 내게 말 한 사람은 김옥순을 죽이고 그녀의 명의를 이용해 살고 있는 이신영이다. 보육원 출신에 떠돌이 생활을 한 김옥순은 행세하기에도 적격이었겠지.

곧 그녀를 경찰에 신고해 포상금을 받는 뻔한 수순이 생각났지만 아직은 일렀다. 반복된 우연의 일치와 수상한 구석들이 한가득 있었지만, 여전히 그녀가 이신영이라는 확실한 증거도, 살인을 저질렀다는 명백한 증거도 없었다. 그 당시 단지 내에 나와 내 제품들에 대한 호기심이 빠르게 식어가는 분위기를 느꼈던 나는 불현듯 그녀가 김옥순이 아닌 이신영임을 밝히면서 나의 피라미드도 더욱 견고해질 수 있는 근사한 계획을 떠올렸다.

참나. 위기는 왜 꼭 기회일까? 세상일이란.

공부한 바에 따르면 이신영은 전형적인 쾌락형 연쇄살인마다. 사람을 죽인 후 비정상적인 쾌감을 느끼고, 클래식을 들으며 자신만의 의식을 치른다. 이 쾌락형 연쇄살인마들은 좀처럼 살인 충동을 참지 못한다. 아니, 참을 필요가 없다. 그들에겐 경찰에게 쫓기는 일도 하나의 흥미로운 게임이니까. 이신영이 유독 그렇다. 수배 중에도 잡을 테면 잡아보라는 듯 일을 벌였고, 이곳에 와서도 짧은 기간 벌써 두 건의 살인을 저질렀다. 그녀가 마지막 살인을 저지른 지도 벌써 두 달 남짓. 이신영은 조만간 다시 모습을 드러낼 것이다. 그녀가 자신이 살인마임을 증명하는 칼을 꺼낼 때, 모두가 그 섬뜩한 칼을 두 눈으로 볼 때, 그때가 바로 내가 그녀를 잡을 최적의 타이밍이다. 가장 극적인 순간에 보란 듯이 살인마를 잡으면 나는 인드라망에서 가장 신뢰하고 믿을 수 있는 최고의 이웃이 되리라!

나는 관리사무소에 설치된 승강기 원격 감시 시스템을 이용해 우리 동의 엘리베이터가 8층에서 멈출 경우 나에게 바로 연락해 달라고 관리소장에게 당부했다.

— 지선님! 방금 멈췄어요!

내가 사는 동의 8층 라인에는 나와 그녀의 집만 있다. 내가 아닌 누군가가 8층에서 엘리베이터를 잡는다면? 살인에 굶주린 이신영이 허기를 채우려고 나왔겠지.

— 오케이! 비대위 소집해요!

그녀가 집 밖으로 나오기만을 오매불망 기다리며 집안에서 대기 중이던 나는 일전에 파악한 동선을 참고해 어렵지 않게 그녀의 뒤를 따라잡았다. 감색 운동복에 검은 야구모자 차림의 그녀는 예상대로 상가가 늘어선 단지 앞을 지나 두 갈래로 나누어진 길 앞에 멈춰섰다. 슬쩍 주변을 둘러본 그녀는 실개천이 흐르는 잘 가꾸어진 산책로를 무시하고 재개발 판정을 받아 주택 허무는 작업이 한창인 구역으로 들어섰다.

그렇지! 내가 일전에 그녀의 동선을 파악했을 때 가장 수상하게 여긴 점이 바로 이 수상한 조깅 코스였다. 그녀는 왜 잘 가꾸어진 멀쩡한 산책로를 두고 이런 황폐한 길을 달릴까? 나는 아마 CCTV를 피하기 위해서일 것으로 추측했고, 그녀는 내 추리를 증명하기라도 하듯 어쩌다 CCTV가 남아 있는 구역으로는 아예 진입조차 하지 않았다. 으슥하고 험한 길로만 뛰었다.

주변은 막 어둑해지기 시작했다. 사람이 떠나 켜진 가로등 하나 없는 폐허는 더더욱 캄캄했다. 묵묵히 달리던 그녀가 점차 속도를 줄이더니 한 폐가 앞에 우뚝 멈춰섰다. 철거가 부분 진행되어 반쯤은 무너진 집이었다. 그녀가 폐가의 붉은색 대문을 열었다.

내 추리가 맞았다. 그녀는 아마 저 폐가 안에 여벌의 옷을 가져다두었을 것이다. 그중 하나로 옷을 갈아입고 아파트 단지 안으로 들어간 후, 살인이 끝난 후엔 다시 이곳으로 돌아와 집을 나올 때 입었던 운동복으로 갈아

입고 단지 안으로 들어간다. 살인마가 단지 밖 사람이라는 트릭을 걸고, 자신의 동선도 파악하기 어렵게 만든다!

아차! 흥분한 나머지 나도 모르게 발밑의 나뭇가지 하나를 밟았다. 기척이 느껴졌는지 그녀가 대문을 열다 말고 번쩍 뒤를 돌아보았다. 나는 재빨리 검은 벽 뒤로 숨었다. 다시 한번 주변을 두리번거린 그녀는 곧 대문을 마저 열고 폐가 안으로 들어갔다. 먼 거리인 데다 주변이 어두워 검은 벽 뒤에 숨은 검은 블라우스 차림의 나를 보지는 못했을 것이다. 게다가 내가 놀랍도록 민첩하게 반응했다. 그러고 보면 요즘 내 몸은 전과 다르게 날래다. 생기 있고 또 활기차다. 왜? 나는 비타 7500을 먹으니까! 몸은 쌩쌩! 머리는 팽팽! 지친 일상에 활력이 필요한 현대인들에게 비타민 A부터 Z까지 총 스물여덟 종의 비타민을 함유한 비타 7500은 미 식품 의약국 FDI의 기준도 모두 충족해 믿을 수 있는 일등 건강 기능식품이다.

그녀가 집 안으로 들어간 사이 휴대폰 애플리케이션으로 내 위치를 공유받던 관리소장과 부녀회장, 비대위원들이 속속들이 현장으로 도착했다. 나와 눈으로 신호를 주고받은 그들은 살금살금 걸어 그녀가 들어간 집의

문 옆에서 각목을 치켜들고 대기했다. 다른 옷으로 갈아입은 이신영이 밖으로 나오는 순간, 그때 그녀를 덮칠 것이다. 곧 폐가 안에서 인기척이 느껴졌고 드디어 나의 이웃이 문을 열고 그 모습을 드러냈다.

문밖으로 나온 그녀는 들어갈 때 옷차림 그대로였다. 심지어 문밖으로 나오며 처음 마주한 그녀의 얼굴은 이신영이 아니었다.

어? 왜? 잠시 나의 뇌 기능이 멈추었을 때, 비대위원 하나가 두꺼운 각목으로 그녀의 뒤통수를 냅다 후려쳤다. 악 소리와 함께 바닥에 쓰러진 그녀를 달려든 비대위원들이 사정없이 밟았다. 뒤늦게야 정신을 차리고 그 속으로 뛰어든 나는 그녀 대신 발길질 세례를 받으며 그들을 말렸다.

발길질이 겨우 멎자, 엎드려 머리를 감싸쥔 그녀가 뒤통수를 부여잡으며 서서히 몸을 일으켰다. 말리던 와중에 누군가에게 코를 정통으로 맞은 나 역시 붉은 코피를 뚝뚝 흘리며 그녀의 얼굴을 자세히 관찰했다. 눈가에 눈물이 그렁그렁 맺힌 그녀는 수배 전단에 박힌 째진 눈에 다소 날카로운 인상의 이신영이 아니었다. 그녀는 눈도 크고 부드러운 인상을 가진, 내가 증명사진으로 확인했던 그 김옥순의 얼굴을 하고 있었다.

나의 추리를 경청하고 감탄했었던 관리소장과 부녀회장이 그녀가 나온 폐가 안으로 냉큼 뛰어 들어갔다. 폐가 안에는 사람이 임시로 마련해 준 듯한 작은 거처와 그 거처의 주인으로 보이는 길고양이 두어 마리가 우습다는 듯 나를 보며 야옹, 하고 울었다. 숨겨둔 옷가지 따위는 보이지 않았다.

때아닌 봉변에 여간 서러웠는지 그녀는 폭포수처럼 쏟아지는 눈물에 연신 얼굴을 훔치며 집으로 향했다. 관리소장과 부녀회장은 물론 소집된 모든 비대위원들도 차가운 표정으로 내게서 등을 돌렸다. 마치 내 등 뒤에 있는 반쯤 허물어진 집처럼, 나의 피라미드가 와르르 무너지는 소리가 들렸다.

어디서부터 잘못됐을까? 어깨가 그대로 드러나는 찢어진 블라우스를 입고 붉은 코피를 줄줄 흘리면서도 나는 그 자리에 주저앉아 오직 한 생각에 빠졌다.

나는 왜 평범한 이웃 김옥순을 연쇄살인마 이신영이라고 확신했을까? 살인 사건이 일어났던 날에만 이웃이 집 밖을 나온 점? 수상하긴 하지만 그럴 수도 있는 일이다. 살인 사건이 벌어진 날 클래식을 들었다는 점? 김옥순이라고 클래식을 안 들으란 법 있나? 그리고 내가 그때 들었던 그 클래식이 레퀴엠이 확실한가? 부산 토박이가 사투리를 전혀 쓰지 않는다? 아니, 이건 팩트 자체가 틀린 질문이지. 그녀의 신상이 적힌 메모에는 버젓이 삼 년 전 상경했다는 사실이 적혀 있다. 서울에서 생활한 삼 년 동안 사투리를 뜯어고쳤다고도 생각할 수 있는 일이다. 아니, 어쩌면 그때 내가 인터폰으로 들었던 그녀의 대답에 사투리가 다소 섞여 있음에도 불구하고 내가 알아차리지 못했을 수도 있다. 왜? 나는 그녀를 의심하고 있었으니까. 듣고 싶지 않았던 것이다.

나에게 옆집에 사는 이웃은 김옥순이 아니고 이신영이어야만 했다. 그래서 길고양이를 가엽게 여겨 거처도 마련해주는 이웃을 나는 사람 죽이는 연쇄살인마로 몰았다. 어쩌다 내가 그렇게 됐을까? 블루 다이아라는 자리가 나를 그렇게 만들었을까? 곧이곧대로 사람을 보지 않고 모든 것을 나의 사업과 연관해 보았을까? 지선아, 너는 묘하게 서늘해. 전남편은 그래서 그런 말을 한 걸까? 과연 나는 지금 이대로 괜찮은 걸까?

꺼진 티비에 비친 내 모습을 보며 한참 나 자신을 되돌아볼 때, 누군가 우리 집 현관문을 두드렸다. 문을 열자 옆집에 사는 이웃이 온화한 미소를 지으며 서 있었다. 그녀를 집 안으로 들인 나는 그간 내가 왜 그녀를 의심했는지 전부 설명하며 다시 한번 사과를 구했다.

그 설명 중에 짧게 들은 그녀의 대답으로 유추하자면, 그녀는 상경 후 얻은 직장에서 외지인 취급을 받아 독기를 품고 사투리를 뜯어고쳤고, 또 그 직장에서 스트레스를 많이 받은 탓에 공황을 겪어 퇴사 후 이곳에 입주한 뒤 밖으로 외출하기를 꺼렸다.

내가 그런 그녀를 무려 살인범으로 손가락질했음에도 불구하고 그녀는 나를 따듯한 미소로 위로했다. 그 미소와 상냥함에 나도 모르게 눈물이 터져나왔다. 이렇게 선한 이웃을 살인마로 몰았다. 나는 그녀에게 이런 내 모습이 혐오스럽다며 자책했다.

"지선 씨는 그렇게 나쁜 사람 아니에요. 얼굴도 모르는 이웃한테 귀한 약도 선물해 주셨잖아요."

내 옆으로 다가온 그녀가 내 손을 따듯하게 감싸쥐었다. 그녀의 얼굴을 가까이서 보자 아까 어두워 보지 못했던 특징들이 비로소 눈에 띄었다. 그녀는 최근에 쌍꺼풀 수술을 한 모양이었다. 예쁘게 잘 됐다. 그러고 보니 김옥순이 쌍꺼풀이 없었나?

"지선 씨가 주신 그 눈 건강식품 정말 효과가 좋더라고요. 제품명이 아이조아인가?"

아래턱에 채 아물지 않은 칼자국을 보아하니 턱도 깎았다. 불현듯 이웃이 예전에 택배로 받았던 화장품의 주성분인 브로멜라사이드의 다른 효능이 생각났다. 브로멜라사이드는 피부과뿐만 아니라 성형외과 의사들도 많이 추천한다. 성형 후 피부 재생을 돕는데 탁월한 효과를 보여서.

"아이조아 먹고 정말 시력이 좋아진 것 같아요. 아까도 원래라면 아마 어두워서 못 봤을 텐데. 어떻게 벽 뒤에 숨는 선생님이 딱 보이는지."

당연하다. 아티온의 밀리언셀러 아이조아는 마리골드 꽃 추출물인 루테인, 비타민 A 등 시력에 도움을 주는 성분이 최대로 함유되어 당신의 눈 건강에 탁월한…….

쾅!

그녀가 내 뒤통수를 움켜잡아 식탁에 그대로 내리꽂았다. 순간 잠시 정신을 잃었다가 다시 차린 나는 어느새 거실 바닥에 뻗어 있었다. 옆에서 김옥순, 아니 이신영이 담배 한 개비를 꺼내 입에 물었다. 바닥에 누워 올려본 그녀의 모습이 마치 나를 금방이라도 가볍게 밟아 죽일 거인처럼 보였다.

허연 연기를 길게 내뱉은 그녀가 못마땅한 시선으로 나를 내려보았다.

"어떻게든 한국에서 살아보겠다고 얼굴도 갈았는데, 아무리 생각해도 여기서 사람 죽이며 살긴 글렀다. 고맙다, 알게 해 줘서. 씨발년아."

나는 황급히 몸을 일으켜 무릎을 꿇고 그녀에게 싹싹 빌었다.

"살려주세요."

그녀가 피식 웃었다.

"어떻게 생각해? 살려 줄 것 같아?"

아니. 죽일 것 같아. 그녀의 변태 같은 표정과 말투로 답을 들은 나는 벌떡 일어나 주변에 잡히는 물건을 되는대로 그녀에게 집어던졌다. 그러다 던진 화분 하나가 그녀의 이마빡에 정통으로 맞았는데, 내 앞으로 다가오는 그녀의 발걸음만 잠시 멈추게 했을 뿐 전혀 타격이 없어 보였다. 뒤통수에 두꺼운 각목을 정통으로 맞고도 훌훌 털고 일어난 여자다. 타고난 강골이리라.

결국 내 코앞까지 다가온 그녀가 억센 손으로 내 옷깃을 휘어잡았다. 좋아, 힘 싸움 한번 해 볼까? 라고 생각한 순간 나는 이미 바닥에 내다꽂혀 거실 천장을 멍하니 봐야 했다. 아, 이제 내 몸 위에 올라타고 내 목을 조르겠지. 나의 숨이 끊어진 걸 확인하고는 또 변태처럼 고개를 뒤로 젖혀 한껏 느끼겠지.

아! 머릿속에 그녀의 세리머니가 떠오르자 동시에 내가 살 길도 떠올랐다. 벌떡 일어선 나는 밖으로 도망치는 척하며 주방으로 들어갔다. 그녀가 내 뒷모습을 보며 우습다는 듯 조롱했다.

"주방은 왜 가냐. 밥하게?"

조리대의 칼 통에서 섬뜩한 식칼을 하나 꺼내 잡은 나는 그녀를 향해 위협적으로 휘둘렀다.

"아, 칼질하시게?"

가소롭다는 듯 웃은 그녀는 성큼성큼 다가와 칼을 든 내 손을 가볍게 휘어잡았다. 우악스러운 그녀의 손힘에 나는 식칼을 허무하게 바닥에 떨어트렸다. 그녀가 그대로 번쩍 내 목을 움켜잡았다. 허리가 뒤로 젖혀지도록 나를 조리대 상판에 밀어붙인 그녀가 내 목을 졸랐다. 숨이 턱 막혔다. 정신이 점점 아득해졌다. 나는 눈을 감고 그녀의 양손에 내 몸을 맡긴 채 그대로 축 늘어졌다.

잠시 뒤, 내가 더 이상 미동하지 않자 그녀가 그 특별한 의식을 시작했다. 내 목을 조르던 손에 힘을 풀고, 고개를 뒤로 젖혀 천장을 보았다. 그때다. 그녀의 눈이 까뒤집힌 순간! 바로 그 순간이 내가 살 길이 열리는 타이밍이다! 식칼? 그건 내 트릭이었다. 나는 조리대 벽에 걸린 프라이팬의 손잡이를 야무지게 움켜잡고 방심한 그녀의 머리통을 냅다 후려갈겼다.

쾅!

이신영이 까뒤집힌 눈 그대로 그 자리에서 졸도했다. 각목으로 뒤통수를 맞고도 버틴 그녀라 하더라도, 마빡에 화분을 맞고도 멀쩡한 그녀라 하더라도 어쩔 수 없다. 그 아무리 대단한 용가리 통뼈라고 해도 이 프라이팬만큼은 버틸 수 없다. 왜?

쎄보라 프라이팬은 지구상에서 가장 구하기 어렵다는 신소재인 시브라늄으로 만든다. 미합중국 항공우주국 NASA에서 인공위성의 외장재를 만들 때 사용하기도 하는 시브라늄은 탱크처럼 강력하면서도 깃털처럼 가볍다! 게다가 쎄보라만의 차별화된 공법으로 만든 여덟 겹 압축 보디는 당신을 향해 날아오는 총알도 가뿐히 막아낸다!

잠시간 정신을 잃고 뻗었던 이신영은 내가 그녀의 손발을 꽁꽁 묶은 직후에야 발작하듯 깨어났다. 그녀 앞에 의자를 놓고 앉은 나는 바둥거리는 그녀를 한동안 지켜보았고, 곧 보란 듯 경찰서에 전화를 걸었다.

"이신영, 찾았어요."

용건을 짧게 전한 나는 흥분한 경찰의 다른 말은 더 듣지도 않고 우리 집 주소를 불러줬다. 아직 늦지 않았다. 지금이라도 내가 이신영을 잡았다는 사실을 단지내에 알리고 다시 설명회를 개최하면…….

"야. 내 현상금 얼마냐? 이억이냐? 내가 더 줄 수 있어."

결박을 풀기 위해 다소 기괴한 몸짓으로 기를 쓰던 이신영이 마음대로 안 되는지 곧 나를 설득하려 들었다.

"너 같으면 '아, 진짜?' 하고 풀어주겠냐? 뭘 믿고? 그리고, 이억? 이신영 씨 일억이에요. 내가 지금 고작 일억 벌려고 이러는 것도 아니고."

"그럼 뭔데? 정의의 사도냐?"

어차피 이제 감방에서 평생 썩을 인생. 경찰이 오려면 시간도 남았겠다 나는 그녀에게 근사한 나의 플랜을 설명했다. 내가 언제부터 이 땅에 거름을 뿌렸고, 이 단지 내의 주민들을 통해 쌓을 수 있는 포인트가 얼마고, 그간 얼마나 수준 높은 마케팅을 펼쳤는지. 그녀는 내 설명을 듣고 감탄해야 했지만, 그저 한동안 낄낄 웃더니 겨우 웃음을 틀어막고는 중얼거렸다.

"열심히 산다."

"뭐?"

"아니야. 그래. 그럼 네 말대로 하면 너 그 뭔 다이아?

"레드 다이아."

"그래. 그거 되냐?"

"그건 안 돼. 스폰서 황이 쌓은 포인트가 어마어마하거든. 게다가 내가 포인트를 쌓을 때마다 황도 몇 프로

먹고."

"와, 개고생은 니가 다 하고, 그년은 그냥 앉아서 돈 버네."

마치 자신의 일인 듯 억울한 표정을 짓던 그녀가 금방 섬뜩한 미소를 짓더니 말했다.

"야. 내가 너 레드 다이아 만들어 줄까?"

"너 공기청정기 오백 대 팔아 올 수 있어? 아니면 옥장판 천 개 팔 수 있어?"

"그걸 어떻게 팔아. 난 하나도 못 팔아."

"그럼?"

"황이 죽으면 되잖아."

그 순간, 내 머릿속에 고정된 어떤 틀이 깨졌다. 그건 그렇지.

"네가 걔 바로 다음이라며. 내가 걔 죽이면 네가 레드 다이아 되는 거 아니야?"

아, 맞다. 너 연쇄살인마였지.

"야. 그렇게 사는 거 지겹지 않냐. 그게 사는 거냐? 그렇게 비누 팔고, 치약 팔고. 나는 혀 깨물고 뒤지면 뒤졌지 너처럼 미련하게는 못 산……."

쾅!

나는 쎄보라로 다시 그녀의 뒤통수를 후렸다. 이웃은

말을 기분 나쁘게 하는 재주가 있었다. 문득 식탁에 덩그러니 놓인 이신영의 담뱃갑을 발견한 나는 그 안에 남은 마지막 담배 한 개비를 꺼내 물고 라이터 불을 붙였다. 아, 씨발. 오 년을 끊었는데. 한 모금 깊숙이 빤 나는 거실에 뿌연 연기를 내뿜으며 그녀의 마지막 말을 곱씹었다.

'황이 죽으면 되잖아.'

그때 내 휴대폰이 진동했다. 스폰서 황이 개인 SNS에 게시물을 올렸다는 알림이었다. 현재 유럽을 여행 중인 그녀는 개인 계정에 아무 설명도 없이 사진 한 장만 달랑 게시했다.

어디인지는 모르겠지만 숨 막히게 아름다운 해변이었다. 맑고 높은 하늘과 짙푸른 바다가 끝없이 펼쳐져 있었다. 그 사진을 보는 것만으로도 상쾌한 바닷바람이 내 얼굴에 닿는 듯했다. 그리고, 사진 끝에 살짝 걸린 그녀의 맨발. 모래사장의 흙이 잔뜩 묻은 그 자유로운 맨발. 그 발이 내 발이었어야 했다. 지금 내가 그 자리에 있어야 했다.

나는 우리 집에 찾아온 경찰을 현관 앞에서 돌려보냈다. 집에 들어오면서 이신영처럼 생긴 여자를 보았는데, 신고하고 다시 보니 어디론가 사라졌다고 적당히 둘러

댔다. 허탈한 표정을 지은 경찰은 상부에 연락해 주변 수색을 요청하며 발걸음을 돌렸다.

다시 안방으로 돌아오니 이웃은 고단했는지 드르렁 코까지 골며 곤히 자고 있었다. 배짱 하나는 알아주는 언니다. 그녀의 몸을 흔들어 깨운 나는 그녀의 눈을 마주 보며 다정하게 말했다.

"걱정되고 불안하시죠? 그게 다 앞날이 불투명해서 그래요."

잠이 덜 깼는지, 내 말이 말 같지 않아서인지 그녀가 멍한 눈으로 나를 쳐다보았다.

"미래가 보장되는 괜찮은 계획이 하나 있는데, 들어 보실래요?"

그렇게 우리는 좋은 이웃이 되었다. 나는 그녀 덕분에 레드 다이아의 자리에 올랐고, 그녀는 나 덕분에 이 나라에서 김옥순으로 계속 살 수 있었다. 나는 그녀가 살인만 하며 살면서도 생활에 문제가 없도록 주로 금전적인 면을 도왔다. 서로가 서로의 스폰서가 된 이후 이웃은 지금껏 다섯 명을 더 죽였는데, 한 번은 냄새를 맡은 경찰이 옆집에 사는 나에게 찾아와 물었다. 옆집에 사는 여자 수상하지 않아요? 네? 802호요? 얼마나 친절한 이웃인데요!

나는 스폰서 황 외에도 둘을 더 죽였다. 아, 물론 내가 아닌 나의 친절한 이웃이. 레드 다이아가 된 이후 나는 분명 전보다 훨씬 윤택한 생활을 하긴 했지만, 광고했던 것과 달리 레드 다이아가 받는 대우에는 다소 과장된 면이 있었다. 하여 내 생각보다 늘 조금은 부족했다. 처음에는 스폰서 황 외에는 더 죽일 사람이 없을 줄 알았는데, 나의 더 나은 미래를 위해서 죽어야 할 사람은 계속 생겨났다.

지금 막 옆집에서 레퀴엠이 새어나온다. 박수봉이 죽었다. 박수봉은 다니던 대형 사찰을 뚫어서 신도들에게 옥장판 사백 개를 팔았다. 업계 언어로 다단계 천재라 불리는 그는 매출 포인트만으로 레드 다이아인 내 자리마저 노렸다. 그 때문에 얻는 이익도 상당했지만 내 자리를 내줄 수는 없었다.

이제 이 이야기를 처음 시작할 때로 되돌아가겠다. 당신은 어떤가? 얼마나 마음을 열고 이웃과 지내는가? 여기 내 경험에서 알 수 있듯 그 어떤 이웃의 허물도 당신과 함께라면 얼마든지 득이 될 수 있다. 그러니 지금 옆집을 찾아가라. 그와 함께 하고, 특별한 이웃이 돼라!

아, 빈손으로 갈 생각은 아니겠지? 나의 이웃을 위기에서 구한 일등 눈 건강식품 아이조아를 사 가거나, 나를 죽음에서 구한 쎄보라 프라이팬을 사 가라. 품질은 지금까지 다 들었지 않나? 아티온은 최고의 제품만 취급한다.

아니면, 지금 이 이야기가 담긴, 당신이 보고 있는 이 책을 사도 좋다. 이 책을 읽은 이웃이라면 서로에게 다른 말을 하지 않아도 좋은 지침이 될 것이다. 일이 잘 되어간다면 지금 이 이야기를 담은 책이 전국 서점에서 절찬 판매 중일 것이다. 일이 더 잘 된다면 베스트셀러가 될 것이다. 그래. 그랬으면 좋겠다.

작가의 말

저는 현재 아파트형 마을공동체에 삽니다. 보통의 아파트와는 조금 다릅니다. 이곳 주민들은 살면서 겪는 여러 문제를 적극적으로 함께 해결하려고 노력합니다. 가령, 방과 후 돌봄이 필요한 단지 내의 아이들을 주민들이 함께 돌본다던가, 단지 내에서 나오는 쓰레기를 주민들이 함께 처리한다던가요. 단순히 그때마다 생기는 문제를 해결하기 위해 이웃이 힘을 모으는 것이 아니라, 이웃이 계속 함께 살기 위하여 공동의 문제를 해결합니다.

그러다 보니 이곳에서는 자연스레 여러 번 주민들과 얼굴을 마주합니다. 전에 살던 곳에서 옆집 이웃의 직업이 무엇인지나 어쩌다 얻어듣게 되었다면, 이제는 내 이웃의 아이가 무슨 알레르기가 있는지, 탁구를 칠 때 이웃의 포핸드 드라이브가 얼마나 날카로운지 등을 알게 되었습니다. 아파트 단지 안으로 들어와 제가 사는 집까지 가는 동안 이웃을 마주쳐 꼭 인사 한번은 하게 되었습니다. 내가 사는 집이 몇 동의 xxx호가 아니라, 이 아파트 단지 전체처럼 느껴집니다. 네. 부자가 됐습니다. 쉽지는 않겠지만, 결국 우리는 서로 더불어 살아야 잘 사는 것입니다. 이 소설을 사랑하는 나의 이웃에게 바칩니다.

네레이스

하은경

오랜 시간 어린이와 청소년을 위한 책을 썼다. SF, 미스터리, 스릴러 매니아로 계속해서 장르물을 쓰고자 한다. 청소년 소설 『황금열광』으로 제2회 비룡소 틴 스토리킹 상을, 장편 동화 『안녕, 스퐁나무』로 문학동네어린이문학상 우수상을 받았다.

1

리하가 죽은 지 세 달이 되었다. 세 달 동안 나는 리하를 만나기 위해 헤븐을 들락거렸다. 헤븐은 죽은 자들의 기억과 만나는 곳이다. 말하자면 죽은 사람들의 기억과 행동 패턴을 업로드해서 보관해놓은 가상세계. 규현이가 나를 걱정하는 걸 알고 있다. 녀석은 차마 소리를 내지는 못하고 음울한 눈빛으로 내게 말하곤 했다.

— 리하는 가짜야! 갠 죽었다고!

하지만 나는 녀석의 말이 틀렸다는 생각에 종종 빠져들었다. 리하가 그토록 생생하게 살아 움직이는데 죽었다니. 감기에 걸린 듯 낮은 목소리, 말할 때 나오는 사소한 버릇들, 만지고 싶을 만큼 살이 올라 있는 양볼……. 착각이라고 할지라도 어쩔 수 없었다. 리하가 보고 싶어 견딜 수가 없으니까.

늦은 오후, 학원가 고층 빌딩들이 불빛을 환하게 밝히고 있다. 고개를 조금만 들면 짙푸른 유리로 마감한 고층 빌딩 꼭대기에 눈이 가닿았다. 아직도 고층 빌딩을 올려다보는 일이 무서웠다. 그래서 나는 고개를 들지 못하고 거리를 걸었다.

재개발 이야기가 나오고 있는 우리 동네는 이곳 학원가로 유명했다. 때문에 중학교 입학을 앞둔 학부모들이 앞다투어 이곳으로 이사를 왔다. 자녀가 고등학교 입학을 앞두고 있다면 이미 늦었다는 소리를 들었다. 수험생을 둔 극성 학부모들 때문에 우리 동네 아파트는 언제나 전세난이 벌어지고 있었다. 아파트 광장에 자동차들이 서너 겹으로 주차돼 있고, 길고양이들이 동과 동 사이 비밀스러운 장소에서 야옹거리며 사는 곳이 리하와 내가 사는 아파트 단지였다. 아니, 리하에게는 이제 '살았던 동네'라고 해야 할 것 같다.

그날, 엄마의 말을 들었어야 했을까?

가끔 내 판단이 잘못됐다는 생각에 가슴이 미어졌다. 그날, 엄마는 당일로 리하와 여행을 가겠다는 내 말에 발끈했다. 고3을 코앞에 두고 어떻게 한가하게 여행을 할 수 있냐고 되물었다. 나는 눈을 내리뜨며 여행을 하며 일 년 계획을 다지고 오겠다고 얼버무렸다. 그 말은 진심이었다. 마침내 수험생이 된다는 사실이 나를 압박하고 있었기 때문이다. 엄마는 초조한 눈빛으로 잠시 나를 바라보았다. 그러고는 냉장고 안을 뒤져 쏜살같이 샌드위치를 만들더니 커피가 든 보온병을 내놨다. 돌아다니면서 출출할지 모르니까 따듯한 커피와 함께 샌드위치를 먹으라고 말했다. 엄마가 샌드위치를 만들 때부터 나는 기분이 엉망이 되었다. 점심이야 대충 먹으면 되는데 촌스럽게 웬 집에서 만든 음식인지 모르겠다. 리하가 알면 무척 부담스러워할 게 틀림없었다. 도대체 엄마와는 말이 통하지 않았다.

중부지방 어느 도시에 내리자 눈발이 날리기 시작했다. 온통 흐린 상공에서 플라잉카들이 휙휙 날아다니고 있었다. 서울 하늘에서도 볼 수 있는 4인용 드론 자동차였다. 드넓게 펼쳐진 들판 위에서 플라잉카들이 시범 운행을 하는 것 같았다. 눈을 가늘게 뜨고 살펴보니 플라잉카 안에는 사람이 보이지 않았다. 텅 빈 플라잉카에서 프로펠러 돌아가는 소리가 요란했다. 눈발이 날리는 흐린 날씨에도 시범 운행을 보러 온 사람들이 제법 많았다.

음식점을 찾기 위해 주위를 둘러보았다. 허허벌판에 음식점은커녕 간이매점도 보이지 않았다. 하는 수 없이 샌드위치와 커피를 꺼내 리하에게 건넸다. 리하는 잠시 나를 보더니 백팩 안에서 간식을 줄줄이 꺼냈다. 귤이 든 봉지와 삼각김밥, 초콜릿, 과자와 빵……. 어리둥절해 있는 나를 보고 리하가 씩 웃었다. 그러고는 음식을 먹으면서 신기하다는 듯 두 눈을 반짝이며 플라잉카들을 쳐다보았다. 한꺼번에 저렇게 많은 플라잉카가 비행하는 모습을 본 적이 없었다. 신기해서 나도 샌드위치를 먹으며 플라잉카에 눈을 두었다.

배를 채운 뒤 나는 바닥에 펼쳐놓은 물건들을 정리했다. 며칠 굶은 아이들처럼 순식간에 많은 음식을 먹어치웠더니 쓰레기가 제법 많이 나왔다.

"이리 줘. 내가 버리고 올게."

리하가 손을 내밀었다.

"네가 웬일이냐?"

리하가 나를 보고 또 씩 웃더니 쓰레기가 든 비닐봉지를 들고 쓰레기통이 있는 곳으로 달려갔다. 리하를 쳐다보다 고개를 들고 하늘로 시선을 옮겼다. 수십 대의 플라잉카가 조금 전보다 더 속력을 내며 비행했다. 프로펠러 돌아가는 소리도 귀청을 울릴 정도로 커졌다. 다시금 리하 쪽으로 고개를 돌렸다. 그 와중에 리하는 쓰레기를 분리수거 하고 있었다.

'그냥 버리고 오지…….'

하여간 언제 어디서나 범생이처럼 군다는 생각을 할 때였다. 짙은 초록빛 플라잉카 한 대가 저공비행을 하고 있었다. 가만히 보니 낌새가 이상해 나는 자리에서 벌떡 일어났다. 아무리 봐도 저공비행 같지 않았다. 플라잉카는 추락하고 있었다. 잘못하다가 리하한테로 떨어질 것 같았다. 등줄기를 타고 강한 전류가 흐르는 느낌이 들었다. 플라잉카들의 소음에 혼이 빠져나갈 지경이었다. 재빨리 리하를 보았다. 리하는 여전히 쓰레기를 버리는 중이었다.

"리하야!"

다급하게 리하를 불렀다. 정말로 플라잉카가 리하를 향해 떨어지고 있었다. 허공을 찢을 듯 울려퍼지는 소음 탓인지 리하는 그 사실을 몰랐다.

"리하야, 빨리 피해!"

리하를 향해 달려가며 외쳤다. 그제야 리하가 고개를 들고 하늘을 올려다보았다. 그러고는 곧 하얗게 질린 얼굴로 나를 보았다.

"지후야……!"

리하의 목소리가 허공에서 흩어져 사라졌다. 플라잉카가 그대로 리하에게 떨어졌다. 쿵. 폭발음과 함께 플라잉카에 불이 번졌다.

처음엔 홀로그램 무비를 보는 것 같았다. 도무지 현실감이 느껴지지 않았다. 나는 그 자리에 우뚝 멈춰섰다. 머릿속 가득 리하를 구해야 한다는 생각이 들었다. 저 불구덩이 속으로 뛰어 들어가 얼른 리하를 꺼내와야만

했다. 하지만 그보다 더 극심한 두려움에 더 이상 가까이 다가갈 수가 없었다. 어쩌면 나도 죽을지도 모른다는 생각에, 불길에 휩싸인 플라잉카와 그 사이에 있는 리하를 멍하니 바라볼 뿐이었다.

나를 보던 그 아이의 눈빛, 발갛게 번들거리던 눈빛에 스며든 절망을 지금도 잊을 수가 없다. 동시에 죽을지도 모른다는 생각 때문에 그 자리에서 뛰어들지도, 벗어나지도 못하고 서 있던 자신이 떠올라 치를 떨었다. 아무리 생각해도 그 순간의 나를 용서할 수 없었다. 여자친구가 사지에서 벌벌 떨고 있는데, 어떻게 그런 생각을 할 수 있을까. 규현이에게도 그때의 심정을 솔직하게 털어놓을 수 없었다.

세 달이 지났지만 나는 여전히 고층 빌딩을 올려다보지 못했다. 플라잉카가 떨어지던 순간, 고작 몇 초에 지나지 않았을 그 짧은 순간이 떠올라 미칠 것만 같아서였다.

2

한밤중에 규현이한테 문자가 왔다. 녀석은 아직도 VR 게임에 목을 메고 있었다.

— 지후야, 격투기 한 판 하자. 딱 한 판만 하고 나서 정신 차리고 공부하려고.

— 미친놈.

— 그러지 말고 한 판만 하자!

— 좋아, 딱 한 판이다.

그렇게 말했지만 속이 답답한 건 나도 마찬가지였다. 오늘 학원에서 수학 수업을 듣다가 하마터면 뛰쳐나올 뻔했다. 대면 수업뿐만 아니라 온라인 수업에서도 떼돈을 벌고 있는 수학 강사가 어떤 여학생을 울려서였다. 수학 강사는 맨 앞줄에 앉은 여학생에게 질문했다.

"무한등비급수 합의 공식이 뭐냐?"

여학생은 대답하지 못한 채 발개진 얼굴을 숙였다. 수학 강사 입에서 단박에 욕이 튀어나왔다.

"이년아! 그걸 여태 모르면 어떡하냐! 그래서 내년에 대학 갈 수 있겠냐?"

몇 초 동안의 침묵. 그러고서 언제나처럼 수학 강사는 아무 일 없었다는 듯 수업을 진행했다.

게임에 접속하고 조금 지나자 규현이 들어왔다. 녀석은 머리에 보호 캡을 쓰고 도복에 파란색 가죽조끼를 입은 채였다.

"오늘 숱댕이가 또 여학생을 울렸다면서?"

숱댕이는 수학학원 강사 별명이었다. 눈썹이 숱처럼 굵고 짙어서 그렇게 불렸다. 학원가에서 퍼지는 소문은 빛의 속도로 번져나갔다. 유명 강사일수록 그의 일거수일투족이 학생들과 학부모들의 입에 오르내리며 눈덩이처럼 불어났다.

규현이 지그재그로 발을 놀리며 공격 자세를 취했다. 나도 주먹을 쥐고 방어 자세를 했다. 녀석이 한쪽 다리를 뻗어올리며 공격했다. 순식간에 내 얼굴을 향해 프런트킥을 날렸다. 한 방 제대로 얻어맞은 것 같았다. 가상이지만 오른쪽 볼이 얼얼했다. 이번엔 내가 녀석의 옆구리를 향해 니킥을 날렸다. 녀석이 잽싸게 피하며 빈정댔다.

"그 새끼는 완전 변태야!"

규현이는 숱댕이에게 당한 게 있는지라 더욱 열을 냈다. 수업 중 질문에 대답을 못 하자 수학 강사가 규현이의 외모를 비하했다. 생긴 게 꼭 쥐새끼 같아서 뇌의 용량도 쥐 대가리같이 작을 거라고. 그 일로 규현이는 웬만해서는 들어가기 힘든 수학학원을 때려치웠다.

규현이는 이제 상대가 나인지 수학 강사인지 헷갈릴 만큼 열을 내며 펀치를 날렸다. 잘못 맞으면 한 방에 죽을 수도 있을 것 같은 강펀치였다. 가까스로 내가 피했다.

"아니, 부모들은 어떻게 그런 새끼를 가만 냅두냐!"

"잘 가르치니까 그렇지."

"내 참, 어이가 없어서! 머리에 돈밖에 없는 놈이 가르치긴 뭘 잘 가르쳐!"

"실력이 있으니까 떼돈 벌어서 빌딩을 두 채나 가지고 있겠지."

"진짜냐? 그 새끼가 그렇게 부자였냐?"

"몰랐구나."

"아오, 열 받아!"

규현이가 악다구니를 내지르며 사이드킥을 날렸다. 나는 가까스로 녀석의 발을 피했다. 이내 있는 힘껏 녀석의 얼굴에 어퍼컷을 날렸다. 규현이 얼굴을 일그러뜨리며 나동그라졌다. 놀란 얼굴을 하더니 나를 멍하니 쳐다보았다. 녀석의 입가에 조소인지 미소인지 알 수 없는 웃음이 떠올랐다.

"너…… 멘탈 잡은 거 같은데. 리하가 살아있을 때처럼 말이야."

규현의 얼굴에 당혹스러운 빛이 드러났다. 자기도 모르게 리하 이야기를 꺼내놓고 당황한 것이다. 내가 고개를 돌리자 녀석이 헐레벌떡 자리에서 일어섰다. 여전히 당황한 낯빛을 하고서 내 얼굴을 살폈다.

녀석과 마찬가지로 다른 친구들도 내 앞에서 리하 이야기를 꺼내지 못했다. 목이 구부러진 것처럼 맨날 땅만 보고 걸어가는 나를 배려한 것이었다. 가끔 무슨 이야기를 하다 내가 다가가면 멈추는 걸 본 적이 있었다. 저희들 잘못도 아닌데 내 눈치를 슬슬 살폈다. 그런 녀석들을 보고 있으면 나도 마음이 편치 않았다.

나는 보호 캡을 벗었다. 가죽 장갑도 벗어 저 멀리 내던졌다. 규현이도 보호 캡을 벗더니 슬며시 다가왔다.

"화났냐?"

아마 내 얼굴은 반쯤 구겨졌을 것이다. 아니면 완전히 구겨졌거나.

"그런 거 아니야."

"아니면, 그 표정은 다 뭔데?"

내가 녀석을 쏘아보며 목소리를 높였다.

"어쩌라고?"

규현이 내 곁으로 다가오더니 어렵사리 말을 꺼냈다.

"너, 요즘 계속 헤븐에 들어가는 거 알고 있어. 헤븐에 맨날 네 닉네임이 떠 있더라."

나는 녀석을 힐긋 보았다. 나를 응시하는 규현의 얼굴은 진지했다.

"진짜 걱정돼서 하는 말인데, 그만 들어가면 좋겠다."

"왜?"

"몰라서 묻냐?"

나는 조용히 녀석의 얼굴을 마주보았다. 규현은 결심이라도 한 듯 입을 열었다.

"말 안 하려고 했는데 이젠 해야겠다. 헤븐을 자주 들락거리면 네가 위험해져. 죽은 사람한테 홀려서 네레이스에 빠질지 모른다고."

"네레이스?"

"헤븐 세계에 속해 있는 죽음의 장소 말이야. 신화에 나오는 바닷속 님프들 이름에서 따왔다고 들었어. 하지만 헤븐에서는 그곳에 빠지면 살아나오지 못해."

나도 들어 알고 있다. 네레이스는 죽은 사람들의 기억과 조우하는 헤븐 속 또 다른 공간이었다. 헤븐의 개발자가 만든 죽음의 세계였다. 죽음을 선택할 수 있는 사회가 되자, 가상세계 개발자들은 앞다투어 네레이스 같은 세계를 만들었다. 이제 굳이 의사에게 안락사를 요구하지 않아도 괜찮았다.

네레이스는 겉에서 보기엔 작은 물웅덩이들이라고 했다. 그러나 가까이에서 들여다보면 깊은 우물처럼 속이 보이지 않는다고 했다. 물 빛깔이 새파래서 거의 검은 빛을 띤다고 들었다.

그러나 그곳에 빠지면 평범한 물과 달리 헤어나올 수가 없었다. 헤븐 안에 존재하는 죽은 사람들처럼, 현실 세계로 나올 수가 없는 것이다.

"헤븐을 자주 들락거리면 네레이스에 빠질 수 있어. 뉴스에 나오는 소리 못 들었냐? 젊은 엄마가 헤븐에서 죽은 아이를 만나다가 결국 네레이스에 빠져들어갔다잖아. 또 현실을 비관해서 일부러 네레이스를 택한 실직자도 있고."

규현이 또 나를 걱정하는 것이다. 이번에는 피하지 않고 소리 내어 말했다. 녀석이 땅바닥을 툭툭 걷어차며 투덜거렸다.

"그니까 왜 죽음을 선택할 수 있게 만들어놨냐고! 뻑하면 네레이스에 빠져 죽겠다잖아. 그러면 헤븐 개발자들만 떼돈 버는 거지. 남은 사람들은 다 어쩌라고!"

가까스로 내가 답했다.

"걱정 마라. 그곳엔 안 빠질 테니까."

규현이 기다렸다는 듯이 말했다.

"그럼, 헤븐에 자주 들어가지 마."

녀석을 곁눈질했다. 내 눈빛을 보며 규현이 재차 덧붙였다.

"네 마음을 모르는 건 아니지만 솔직히 걱정된다. 네

레이스는 스스로 선택하는 게 아니어도 자기 의지와 상관없이 빠져드는 곳이야. 자살하는 사람들이 마지막 순간에 환영을 보고 죽는 것처럼."

"무슨 소리야?"

"너, 물에 빠져 죽은 사람들이 마지막 순간에 뭘 보는 줄 아냐?"

"몰라……."

"그 사람들은 마지막 순간에 환영을 본대. 거센 물줄기가 자신들을 마구 덮친다고 생각하는 거야. 제 발로 빠져든 게 아니라 물이 덮쳤다고 착각하면서 죽는 거라고. 그만큼 절박했다는 뜻이겠지. 물에 빠져 죽으려다 살아난 사람들이 하나같이 그렇게 말하는 걸 잡지에서 본 적이 있어."

잠시 뜸을 들이더니 규현이 이어 말했다.

"네레이스도 마찬가지야. 너는 안 들어가겠다고 하지만 네 의지와 상관없이 홀려 빠질 수도 있다고. 그러니까 헤븐에 너무 자주 들어가지 마."

너 같으면 그럴 수 있겠냐? 라고 묻고 싶은 걸 꾹 참았다. 그 상실감을 경험해보지 않고는 절대 공감할 수 없었다. 마지막 순간 리하의 눈빛을 아마 나는 영원히 잊지 못할 것이다.

"나 나간다. 학교에서 보자."

규현이 허공에 출입구를 그리더니 게임에서 빠져나갔다. 갑자기 온 세상이 고요해졌다.

고개를 들어 주위를 살폈다. 벽면 빛깔이 샛노랗고 팔자 모양 기와지붕을 한 옛집들이 눈에 들어왔다. 발아래로 제법 커다란 연못이 보였다. 연못 속을 잠시 들여다보았다. 금빛 은빛 나는 잉어 떼들이 헤엄을 치고 있었다. 맑은 수면 아래로 연못 바닥이 일렁이며 비쳤다. 개발자가 만든 가상 연못의 바닥에는 마름모꼴 타일이 깔려 있었다.

네레이스는 물빛이 새파래서 심연이 들여다보이지 않는다고 했다. 거의 매일 헤븐을 다녀왔으나 네레이스를 보지 못했다. 그러니까 규현이 그렇게 걱정할 필요가 없었다. 네레이스에 홀리기는커녕 눈에 띄지도 않았으니까.

또다시 리하의 얼굴이 떠올랐다. 그 아이도 날 보고 싶어 할까. 어쩌면 헤븐에서 그 아이가 나를 기다리고 있을지도 모른다는 생각이 들었다. 리하를 보고 싶은 마음이 간절했다. 헤븐 출입구를 그리고 나서 서둘러 그 안으로 들어갔다.

***

"왜 이렇게 늦게 왔어?"

리하가 나를 보며 볼멘소리를 냈다. 리하는 잔뜩 화가 나 있었다. 정말 나를 기다렸던 모양이었다. 이럴 땐 역시 착각이어도 좋다는 생각이 들었다.

추워 발개진 그 아이의 양볼을 손으로 매만졌다. 맨살의 느낌이 손끝에 그대로 묻어났다. 발갛게 달아오른 볼 부분이 따듯했다. 껍질을 벗긴 달걀처럼 매끈하고 부드러운 느낌이었다. 예전과 다르지 않은 감촉에 나는 깊게 안도했다. 또다시 리하가 진짜라는 생각이 들었다.

"같이 공부하자고 해놓고는 맨날 지각하고……. 추워서 죽는 줄 알았단 말이야."

나는 리하가 무슨 소리를 하는지 잠시 생각했다. 리하가 황당한 표정을 지었다.

"얼씨구! 너, 벌써 까먹었냐? 오늘부터 일찍 와서 교실에서 같이 공부하기로 했잖아."

"그, 그랬지……."

솔직히 그런 기억이 떠오르지 않았다. 아무리 생각해도 지난번에 만났을 때 리하와 나는 그런 약속을 한 적이 없었다.

머릿속에서 퍼뜩 어떤 그림이 떠올랐다. 교실에 나란히 앉아 공부하는 리하와 내 모습이었다. 중3 때였다. 리하는 내게 일찍 학교에 와서 공부하자고 제안했다. 상위권 고등학교 입시를 앞두고 있을 때였으니 둘 다 조바심을 내고 있었다. 서너 달 동안 나는 리하의 다그침에 못 이겨 이른 아침 등교를 해야 했다. 고백하자면, 나는 아침잠이 많은 학생이었다. 지금도 아침 일찍 일어나는 일을 스스로 하지 못해 엄마가 깨웠다. 그러니 맨날 지각을 해서 리하를 힘들게 만들었던 기억이 났다.

"미안해. 담부턴 늦지 않을게."

사과의 말이 먼저 나왔다. 리하를 만날 때마다 나는 늘 늦어 사과하던 게 버릇이 돼버린 탓이었다.

"피, 맨날 그 소리."

리하는 여전히 부루퉁했다.

리하와 나는 나란히 서서 학교를 향해 걸어갔다. 리하가 발을 뗄 때마다 갈색빛 도는 머리카락이 어깨 위에서 찰랑거렸다. 그 모습은 언제 봐도 사랑스러웠다. 리하에게서 나는 향기를 기억하고 있었다. 첼시 향기를 체리 향기로 잘못 알아듣고 슈퍼마켓에서 체리 향기를 찾았던 기억이 떠올랐다. 섬유유연제 냄새였다는 걸 나중에 알았을 때 솔직히 좀 실망했지만, 리하에게 그 사실을 말하지 않았다.

하지만 나는 여전히 그 아이의 향기를 좋아했다. 머릿속에서 맴도는 그 달콤한 향기를 속으로 '리하 향기'라고 이름 지었다. 눈을 감아도 그 향기로 금세 그 아이를 알아낼 수 있었다. 많은 아이들 속에서도 그 향기가 리하를 두드러지게 만들었다. 정말이지 황홀할 만큼 달콤한 그 아이만의 체취였다.

"춥지 않아?"

리하가 내 팔에 팔짱을 끼며 물었다. 나는 가슴이 두근거렸는데 리하는 아무것도 모르고 해맑게 말했다.

"우리 맨날맨날 이렇게 만나면 좋겠다."

리하가 활짝 웃었다. 고른 치열 위로 복숭아빛 잇몸이 살짝 드러났다.

"나도 그래."

"넌 그렇게밖에 말 못 하냐?"

리하가 또 투정을 부렸다.

"그럼, 어떻게 말하냐?"

"음……, 이를테면 나도 너랑 영원히 같이 있고 싶어. 네레이스라도 함께 갈 수 있어. 이렇게 말하면 또 몰라도."

"좋아. 난 네레이스라도 너와 함께라면 갈 수 있어. 됐냐?"

"흐흐. 죽어서도 영원히 함께한다니까 어째 좀 질리긴 한다."

"뭐냐? 기껏 그렇게 말하라고 해놓고는!"

"아니, 뭐 그렇다는 말씀이야."

횡단보도를 건널 무렵이었다. 휴대폰으로 시간을 확인했다. 자정이 다 된 시간이었다. 이 세계는 이른 아침인데 현실은 캄캄한 어둠이었다.

한 시간 가까이 리하와 나란히 앉아 공부를 하고 난 뒤 말을 꺼냈다.

"리하야, 내일 만나자. 시간이 너무 늦었어. 미안."

"하지만 만난 지 얼마 되지 않았는걸."

리하에게 이 엇갈린 세계의 시간을 어떻게 설명해야 할까. 망설이고 있는데 리하가 말했다.

"아, 그렇지! 너희 엄마가 기다리고 있겠구나."

리하는 서운함이 배인 눈으로 나를 바라보더니 애써 웃으며 말했다.

"내일 또 같이 공부해야 돼. 널 기다릴 거야. 맨날맨날."

가슴 한구석이 묵직했다. 도대체 내가 없는 동안 리하는 헤븐에서 뭘 하며 지내는 걸까.

리하는 진짜였다. 눈을 마주보며 이렇게 대화하는데, 그 아이의 심장 박동이 내 팔에 와닿아 이토록 설레는데, 가짜일 리가 없었다. 당연히 내일 또 와야지, 하고 답하려던 차에 문득 규현이 떠올랐다. 걱정스러운 얼굴로 나를 뚫어지게 보며 녀석이 말했다.

— 그건 모두 그 애 기억의 조합이야. 너, 그러다 정말 네레이스에 빠질지도 모른다.

3

첫 모의고사가 일주일 남았다. 공부에 집중되지 않아 자꾸 가상세계 언저리를 맴돌다 나오기를 반복하고 있었다. 거실을 서성이는 엄마의 기척이 느껴졌다. 엄마는 빵, 과일, 주스를 가지고 내 방을 들락거렸다. 간식은 모두 핑곗거리였다. 엄마는 내가 공부에 집중하고 있는지 그저 감시하고 있을 뿐이었다.

도무지 안 되겠다. 격투기라도 한 판 해야 머릿속이 시원해질 것 같았다. '한 권으로 끝내는 모의고사 국어' 문제집을 소리 나게 덮고 나서 규현이에게 문자를 보냈다.

— 격투기 한 판 하자.

녀석에게 답장이 없었다. 집중해서 공부하는 모양이었다. 다시 한 번 문자를 보냈다. 역시 규현이에게 답장이 오지 않았다. 첫 모의고사가 다가오니 녀석은 눈빛이 달라졌다. 작고 까만 눈동자에서 비장한 각오 같은 게 엿보였다. 규현이는 가상세계를 개발하는 학과에 진학하길 바랐다. 예전에는 통틀어 컴퓨터공학이라고 불렀다는데, 지금은 세분되어 있다. 가상세계에 머무는 사람들이 많아진 만큼 가상세계 연구자들도 늘어났다.

규현의 답신을 기다리다 VR 헤드셋을 썼다. 또다시 가상세계 이곳저곳을 쉴 새 없이 들어갔다 나오기를 반복했다. 규현이 19금 해제를 풀어준 덕분에 성인 가상세계에도 들어갈 수 있었다. 망설이다 '실비아의 방'이라는 곳엘 들어갔다. 블루 다이아몬드처럼 파란 눈을 한 실비아가 나를 향해 손짓했다. 금발의 실비아는 고전 서양화에 나오는 여자처럼 누드인 채로 비스듬히 소파에 누워 있었다. 토실토실한 하얀 몸을 보고 있으니 귓바퀴가 가려워지면서 심장이 세차게 뛰었다.

내게 손짓하는 실비아에게서 눈을 거두고 격투기 게임 방으로 들어갔다. 거인만큼이나 덩치가 큰 남자가 나를 향해 웃더니 곧 공격 자세를 취했다.

"덤벼 봐!"

슬그머니 덩치의 손을 살폈다. 검은색 가죽 장갑을 낀 손 또한 무지막지하게 커다랬다. 저 손에 한 방이라도 맞으면 끝장일 것 같아서 나는 몸을 사렸다. 덩치는 성질이 몹시 급한 게 틀림없었다. 지그재그로 움직이던 발짓을 멈추자마자 나를 향해 펀치를 날렸다. 가까스로 피하고 나는 멀찌감치 떨어진 곳에 서서 방어 자세를 취했다.

"짜식아, 덤비라니까!"

덩치가 조바심을 내며 소리를 질렀다. 덩치의 눈을 뚫어지게 쳐다보며 한 발짝 다가갈 때였다. 뒤에서 누군가가 내 등짝을 세게 후려쳤다.

"지후야! 너, 정말 이럴래!"

엄마였다. 엄마가 강제로 헤드셋을 벗기며 소리를 질렀다.

"정신 좀 차려! 모의고사가 낼모레잖아!"

나는 고개를 수그렸다. 엄마의 악다구니에 온몸이 쪼그라들었다.

"너 이럴 거면 엄마가 네 방에서 지키고 있을 거야. 그래도 좋아?"

"아니요……."

"근데 왜 정신을 못 차리는 건데? 안 그래도 지난 겨울 내내 공부 못 했잖아!"

그제야 고개를 들고 엄마를 노려보았다. 내 눈가에 눈물이 고였으나 엄마는 개의치 않았다.

"네가 너무 힘들어해서 엄마도 꾹 참았어. 하지만 이제부턴 이러면 안 되잖아. 네 인생도 있으니까. 리하도 네가 이러는 거 좋아하지 않을 거야."

"엄마, 그만 하세요!"

눈에 힘이 들어갔다. 일그러져 있을 내 얼굴을 엄마가 어이없다는 듯 보고 있었다.

"아니, 말 나온 김에 차라리 툭 터놓고 하자. 너, 이렇게 방황할 거면 차라리 다 때려치우고 취업 준비를 해. 내가 널 대학 보내려고 이 거지 같은 동네에 와서 얼마나 고생하고 있는지 몰라. 수돗물에서 녹물이 나오고, 주방에 바퀴벌레들이 우글거리는 이 낡은 아파트에서 말이야!"

나는 자리에서 벌떡 일어섰다. 엄마를 밖으로 밀어내고 나서 방문을 꼭 잠갔다. 속이 부글부글 끓어올랐다. 녹물이 나오고 주방에 바퀴벌레들이 우글거리는 이 아파트에서 살게 해달라고 말한 적 없었다. 모든 게 엄마의 계획이었다. 이 동네 학교에만 다니면 엄마는 내가 상위권 대학에 들어갈 수 있다고 믿었다. 그 믿음 때문에 엄마는 서둘러 이곳으로 이사를 왔다.

창밖을 내다보았다. 13층 아파트 창으로 학원가 고층 빌딩들이 보였다. 한밤중인데도 불빛이 찬란했다. 고층 빌딩 꼭대기를 올려다보다 곧 눈을 내리떴다. 가슴이 두근거렸다. 곧 숨쉬기 버거울 만큼 호흡이 가빠졌다. 이럴 땐 정말 네레이스라도 뛰어들어가고 싶은 기분이 들었다. 다시 리하를 만나러 가야겠다.

***

리하는 교실에 홀로 앉아 나를 기다리고 있었다. 난방 시스템이 작동하지 않는 교실 안이 추운지 자그마한 얼굴이 얼어 있었다.

"어, 오늘은 생각보다 일찍 왔네!"

리하가 씩 웃었다. 복숭아빛 잇몸이 느닷없이 육감적으로 보였다. 조금 전에 본 실비아 탓이라는 생각을 지울 수가 없었다. 짐짓 눈길을 돌려 책상 위에 놓인 책들을 내려다보았다.

"벌써 기출 심화편 풀고 있냐?"

"무슨 소리! 난 이 문제집 벌써 두 번째 푸는 중이야."

"대단하다!"

리하 옆자리에 풀썩 앉았다. 리하가 내 얼굴을 살피며 물었다.

"너, 얼굴이 왜 그렇게 안 좋아? 뭔 일 있었어?"

나는 말할까 말까 망설이다 털어놓았다. 속마음을 털어놓는 친구라곤 리하와 규현이뿐이었으니까.

"게임 하다가 엄마한테 안 좋은 소리 들었어."

리하가 큭큭거렸다.

"그럴 줄 알았어. 그니까 왜 맨날 게임 하냐?"

"어떻게 너같이 맨날 공부만 할 수 있냐? 그게 더 이상한 거지. 그리고 맨날 게임 한 거 아니거든."

"이제부턴 잠깐이라도 게임 하면 안 돼! 눈 깜짝할 사이에 대학 입시일 거라고."

전교에서 노는 아이였으니 오죽할까 싶었다. 리하는 거의 매번 전교 1등을 했다. 딱 한 번 2등을 한 적이 있었는데, 그때 리하는 몇 날 며칠 하늘이 무너진 것 같은 표정을 짓고 다녔다. 말을 걸어도 도무지 대답을 하지 않았다. 기운이라고는 눈 씻고 찾아봐도 없는 얼굴을 한 채 멍하니 허공을 바라보곤 했다. 그러나 얼마 지나지 않아 리하는 생기를 찾았다. 그러고는 옆에서 지켜보는 내가 다 질릴 정도로 악착스럽게 공부에 매달렸다.

리하가 나를 지그시 바라보았다. 아무렇지 않은 얼굴로 우리 엄마 이야기를 꺼냈다.

"그거 기억나? 우리 엄마랑 너희 엄마가 싸웠던일."

나는 눈살을 찌푸렸다. 잊을 수가 없는 일이었다. 그

일로 창피해서 한동안 리하를 피해다녔다. 리하가 묘하게 들뜬 목소리로 말했다.

"중3 때였잖아. 아침 일찍 교실에 단둘이 앉아 공부하다가 너희 엄마한테 들키는 바람에…… 크크."

뭐가 우스운지 리하가 손으로 입을 가리며 웃었다.

"아무튼, 어른들은 너무 앞서 나가는 게 문제야. 우리 둘이 교실에 앉아 공부한 게 그렇게 크게 번질 일이었나? 그때 너희 엄마 얼굴이 아직도 생각난다. 완전 무서웠거든."

귓불이 달아오르는 게 느껴졌다. 그때 엄마는 집에서 입던 차림 그대로 교실 문을 열고 나타나 소리를 질렀다. 어깨를 바들바들 떠는 모습이 금방이라도 쓰러질 것 같았다.

"너희들 도대체 여기서 뭐 하고 있는 거니! 지후, 넌 친구들하고 아침에 축구 한다고 하지 않았어?"

리하와 내가 나쁜 짓이라도 할까 봐 샅샅이 살피던 그 눈빛. 병아리를 낚아채려고 눈에 온 힘을 주고 관찰하는 매의 눈처럼 엄마의 눈빛은 몹시 날카로웠다. 그 눈빛이 떠오르자 지금도 팔뚝에 소름이 돋아났다. 창피해서 그때 나는 고개를 들지 못했다.

"너희 엄마가 우리 엄마한테 말하지 않았으면 좋았을

거야. 우리 엄마는 그쪽으론 쿨하거든."

"우리 엄마가 잘못했지, 뭐."

"아냐, 우리 엄마가 워낙 말빨이 세서……."

"맞다. 너희 엄마 방송국 리포터였다고 했지? 우리 엄마가 말빨에 진 사람은 아마 너희 엄마밖에 없을 거다. 우리 엄마도 말빨 하나는 끝내주니까."

리하와 내가 눈을 마주치며 웃었다. 리하가 주위를 둘러보며 말했다.

"이렇게 조용히 앉아 공부하니까 참 좋다. 능률이 막 오르고."

하지만 난 헤븐에 와서까지 공부하고 싶은 마음은 들지 않았다.

"산책 나가자. 공부는 나중에 해."

"하여튼……."

리하가 투덜대며 가방에 책을 집어넣었다. 그러고 나서 우리는 교실을 나와 운동장을 가로질러 학교 출입구를 벗어났다.

"너, 정말 잘 지내고 있지?"

거리를 걸으며 내가 물었다. 왜 그런 말이 튀어나왔는지 모를 일이었다. 묻고 나서 나는 곧 후회하고 말았다. 리하와 나의 거리를 실감하고 싶지 않았으니까. 리하는 말없이 길을 걸었다. 추워서 파리해진 그 아이의 얼굴에 쓸쓸한 빛이 드리워졌다.

리하의 대답을 기다리며 나는 주위를 둘러보았다. 현실과 전혀 다르지 않은 이 세계. 너무나 똑같아서 오히려 나는 이 세계가 불안하게 느껴졌다. 리하가 고개를 돌려 내 앞에 얼굴을 들이밀며 짓궂은 표정을 지었다.

"잘 지내고 있어. 난 걱정 마."

리하의 대답에 나도 모르게 웃음이 나왔다. 숱하게 많이 듣던 소리라는 생각이 떠올랐기 때문이다. 리하는 언제나 내게 그렇게 말했다.

— 난 걱정 마. 걱정은 바로 너야. 다음번엔 성적 좀 올려.

그럴 때마다 진심으로 나를 걱정해준다는 생각에 위안을 받곤 했다. 엄마와 학업이 주는 압박을 리하가 반쯤 덜어주었다. 생각해보니 나는 늘 리하에게 위로를 받았던 것 같았다. 지금도 마찬가지였다.

이삼십 분쯤 걸었을까. 주변이 점점 낯설어졌다. 재개발을 앞둔 아파트 단지들이 보이지 않았다. 익숙한 고층 빌딩들 또한 하나 보이지 않았다. 인도에 띄엄띄엄 서 있는 가로등과 차도 공중에 매달려 있는 표지판들만 눈에 띌 뿐이었다. 자세히 살펴보니 표지판에 적힌 글자가 낯설었다. 어느 나라 말인지 알 수 없는 글자가 쓰여 있었다. 개발자가 이 세계를 완성하지 못한 걸까. 하지만 그럴 리가 없었다. 가상의 세계는 완성된 채로 시스템화된다고 들었다. 안 그러면 아예 가상 플랫폼에 올라올 수가 없었다.

"지후야, 조심해!"

리하가 외치는 소리가 들렸다. 나는 멈춰서서 발밑을 내려다보았다. 시퍼런 물이 웅덩이처럼 고여 있었다. 고개를 들어 주위를 보자 물웅덩이는 한 곳이 아니었다. 여기저기에 시퍼런 물웅덩이가 놓여 있었다. 물의 빛깔이 새파랗다 못해 가까이에서 들여다보면 칠흑처럼 새까맸다.

네레이스였다.

"이쪽으로 빨리 와!"

리하가 겁에 질린 얼굴로 손짓했다. 재빨리 리하가 있는 곳으로 달려갔다. 긴장한 탓에 온몸이 뻣뻣해졌다. 떨리는 목소리로 말을 꺼냈다.

"네레이스……. 처음 봤어. 그래서 동네가 달라 보였구나……."

리하의 얼굴이 차츰 밝아졌다. 리하가 말했다.

"겁먹기는. 나랑 네레이스에 빠진다고 할 때는 언제

고. 너, 진짜 나랑 같이 네레이스에 빠질 수 있어?"

나는 대답을 하지 못한 채 멍하니 리하의 얼굴을 바라보았다. 네레이스를 보고 난 직후라 아직도 심장이 벌렁거렸다.

"피, 말 못 하는 것 좀 봐. 그럴 줄 알았어. 난 너랑 영원히 같이 있고 싶은데……."

리하가 나를 빤히 바라보았다. 눈빛이 묘하게 빛을 냈다. 어딘지 요사스러운 빛을 띠었다. 리하가 아니라 사람을 홀려 물에 빠져 죽게 만든다는 깊은 바닷속 인어 같았다. 리하의 얼굴빛이 달라졌다. 대답을 하지 못하는 나를 원망스럽게 쳐다봤다. 그러고는 곧 울 것 같은 얼굴로 말했다.

"난 일찍 죽기 싫어. 넌 다른 여자를 만나 연애도 하고 결혼도 하고, 또 취직해서 돈도 벌고 여행도 맘껏 다닐 거잖아. 난 빨리 죽고 싶지 않아. 너랑 맨날맨날 만나다가 같이 죽을 거야. 안 그러면 너무 억울해!"

내 눈시울이 붉어지는 게 느껴졌다. 이내 코끝이 시큰해지면서 가까스로 규현의 말을 떠올렸다.

— 헤븐은 죽은 자들의 기억을 조합해 놓은 것뿐이야.

하지만 저렇게 말하는 리하를 어떻게 기억의 조합이라고 할 수 있을까. 리하는 자신의 죽음을 인지하고 있는 게 틀림없었다. 또다시 규현이 틀렸다는 생각이 들었다. 울먹이는 리하의 얼굴을 바라보며 물었다.

'그래서…… 너, 지금 너무 억울하니?'

그러나 마음이 너무 아파 소리 내어 물어볼 수가 없었다.

4

모의고사를 망쳤다. 2교시 국어 시험 시간에 약간의 패닉이 왔다. 심장이 두근거리더니 호흡이 가빠졌다. 시험을 치를 때가 아니더라도 가끔 이런 증상이 나왔다. 첫 증상은 고1 첫 모의고사를 치를 때였다. 그때 나는 시험을 완전히 망치고 말았다. 내 생애 한 번도 받아본 적이 없는 점수였다.

3월 말이 다 됐는데 날이 몹시 쌀쌀했다. 강원도 산간지방에는 함박눈이 내린다고 했다. 움츠린 채 거리를 걷다 슬며시 고개를 들어 하늘을 올려다보았다. 서울 하늘은 맑디맑았다. 나도 모르게 솟구쳐 있는 고층 빌딩에 눈길이 갔다. 겨우 평상심을 찾은 심장이 또다시 두근거리기 시작했다. 재빨리 고개를 숙이고 보도블록을 내려다보았다. 두더지처럼 땅속이 편안한 걸까. 땅바닥을 내려다보자 그제야 마음이 안정되었다.

몇 발짝 걸어가는데 코앞으로 때 묻은 나이키 운동화가 멈춰 섰다. 고개를 드니 규현이가 내 앞에 바짝 다가섰다.

"떡볶이 먹고 가자."

규현이 환한 낯빛으로 말했다.

"시험 잘 봤냐?"

내 물음에 규현이 애매한 표정을 지었다.

"뭐, 웬만큼 본 것 같아."

녀석은 시험을 잘 본 모양이었다. 규현이 입에서 웬만큼 소리가 나오면 시험을 엄청 잘 봤다는 뜻이었다.

"좋겠다."

"넌 어떻게 봤냐?"

나는 대답하지 않고 길을 걸었다. 규현이 뒤에서 말하는 소리가 들렸다.

"야, 이따 격투기나 한 판 하던가?"

"됐어."

그러나 밤늦은 시간 규현이한테 문자가 왔다. 녀석이 또 격투기를 하자고 졸랐다. 마지못해 헤드셋을 쓰고 책상 앞에 앉았다. 엄마 아빠는 잠들었는지 집안이 고요했다.

곧 VR 게임 안에 규현이 나왔다. 녀석은 오늘 완전히 들떠 있었다. 제자리에서 뛰는 모습이 금방이라도 포르르 날아오를 것 같았다.

“자, 공격한다!”

규현이 프런트킥을 날렸다. 녀석의 공격을 피하지 못하고 옆구리를 제대로 맞았다. 자리에서 일어서자마자 녀석이 니킥을 날렸다. 또다시 나는 오만상을 찌푸리며 나동그라졌다.

“뭐냐? 왜 이렇게 기운이 없어.”

자리에서 벌떡 일어서며 외쳤다.

“닥치고 덤벼!”

“좋아!”

규현이 또다시 나를 향해 어퍼컷을 날렸다. 녀석의 공격에 나는 사정없이 무너졌다. 땅바닥에 널브러진 나를 녀석이 내려다보며 한숨을 내쉬었다.

“시험 완전 망쳤구만!”

“시끄러! 좀 있다 다시 해.”

“됐다! 재미가 있어야 게임을 하지. 나간다.”

녀석이 나가자 세상이 쥐죽은듯 고요해졌다. 오늘 오후에 잠깐 본 하늘만큼이나 맑은 하늘이 펼쳐져 있었다. 그러고 보니 이 세계의 하늘은 언제나 맑았다. 하긴 격투기를 하는데 비가 내려서는 안 될 테니까.

자리에서 일어났다. 리하를 만나러 갈 생각이었다. 리하를 만나 푸념이라도 해야 답답한 속이 풀어질 것 같았다. 자리를 털고 일어나 헤븐으로 들어갔다.

***

“그래서 또 시험 망쳤어?”

리하가 눈을 동그랗게 뜨며 다그치듯 물었다. 이럴 때 보면 리하는 꼭 우리 엄마 같았다. 오늘 집으로 돌아오자마자 엄마가 득달같이 물었다.

“시험 잘 봤니?”

나는 어깨를 늘어뜨리고 묵묵히 내 방으로 들어갔다. 방문을 닫기 직전 거실을 힐긋 살폈다. 엄마가 한심하다는 얼굴로 나를 보더니 땅이 꺼져라 한숨을 내쉬었다. 나보다 더 크게 실망하는 엄마를 보자 속에서 불덩이 같은 게 솟구쳐올랐다.

“내가 망치고 싶어서 망쳤냐? 너까지 왜 그렇게 물어.”

헤븐에서 처음으로 리하에게 화를 냈다. 리하가 내 얼굴을 조심스레 살피며 말했다.

“미안. 속상해서 그랬어……. 하지만 뭐 결과는 나와

봐야 아는 거 아니니? 나도 맨날 그랬는걸."

나는 더욱 발끈했다. 시험을 치른 뒤면 리하는 언제나 내 눈치를 살폈다. 그러고는 내 앞에서 시험 잘 본 티를 내지 않으려고 안간힘을 썼다.

그런데 오늘은 그런 리하의 태도가 내 속을 확 뒤집어놓았다. 말이 곱게 나오지 않았다.

"뭐, 너도 맨날 그랬다고? 그게 맨날 전교 1등 하는 애가 할 소리냐?"

거칠게 숨을 내쉬며 이어 쏘아붙였다.

"아니, 시험을 망친 건 난데 왜 지가 속상해!"

리하가 눈썹을 내려뜨리며 곤혹스러운 표정을 지었다.

"너…… 네가 시험 망쳐 놓고 왜 나한테 화를 내냐?"

할 말이 없어 잠자코 있었다. 이번에는 리하가 발끈했다.

"진짜 기분 엉망이네. 위로할 수도 없고, 욕을 할 수도 없고."

"그러니까 그냥 가만히 좀 있어. 조용히 있는 게 지금 나한텐 위로야."

"허! 어이가 없어서!"

화를 더 못 참고 마침내 내가 버럭 소리를 질렀다.

"진짜, 왜 자꾸 그래! 난 지금 어디 빌딩이라도 올라가 떨어져 죽고 싶은 기분이라고!"

"뭐라고?"

이제 리하도 단단히 화가 난 얼굴을 했다. 눈빛을 번뜩이며 나를 노려보았다.

"그럼 네 맘대로 해! 빌딩이 아니라 저기 네레이스에 빠져 죽던가!"

리하가 손짓하는 곳을 내다보았다. 새까만 물웅덩이들이 가까이 있었다. 네레이스였다.

"어, 언제 여기까지 온 거지……."

시커먼 물웅덩이들을 보자 심장이 덜컥 내려앉았다. 몇 발짝 앞에서 일렁이는 수면을 보자 고층 빌딩에서 저 아래를 내려다볼 때와 같은 기분이 들었다.

"내내 화만 내고 있으니까 네레이스에 가까이 있는 것도 몰랐겠지."

리하가 씩씩거렸다. 그 아이의 눈빛은 여전히 빛을 내고 있었다. 벼린 칼날처럼 예리한 빛이었다. 시퍼런 빛을 뿜어내며 리하가 나를 보며 소리를 질렀다.

"떨어져 죽어! 그렇게 죽고 싶으면 떨어져 죽으란 말이야! 이 병신새끼야!"

그러고는 쏜살같이 다가와 내 팔목을 잡아끌었다. 리하는 절대로 놓치지 않겠다는 듯 내 팔목을 꽉 움켜잡았다. 손톱이 팔목 살점을 파고들어 와 아팠다. 그 어느 때보다 손의 힘이 세게 느껴졌다. 리하는 자꾸만 네레이스 쪽으로 나를 끌어당겼다.

"리하야, 이러지 마!"

"너, 죽고 싶다면서? 죽으라고 돗자리 깔아줄 테니까 어디 한 번 죽어 봐. 같이 네레이스에 빠져 죽자고!"

리하가 온 힘을 다해 소리를 질렀다. 발악하는 중에도 내 팔을 세차게 끌어당겼다. 정말로 나를 네레이스에 빠져 죽게 만들 작정인 것 같았다.

네레이스가 점점 가까워졌다. 한 발짝만 내디디면 정말 네레이스에 빠질지도 몰랐다. 그래도 리하는 있는 힘껏 내 팔을 잡아당겼다. 그 아이의 눈빛은 이제 열이 들어차서 발갛게 번들거렸다.

갑자기 그 아이의 눈을 마주보는 게 무서웠다. 플라잉 카가 떨어지는 순간 나를 보던 그 처절한 눈빛이 떠올랐다. 나는 공포에 사로잡혀 고개를 돌리고 말았다. 그 사이에 한쪽 발이 시커먼 물웅덩이에 가닿았다.

늪에 발을 들인 것처럼 금세 발목까지 물이 차올랐다. 그러더니 숙숙 발이 더 꺼지며 곧 허벅지까지 시꺼먼 물이 차올랐다. 다시 리하를 쳐다보았다. 리하가 나를 뚫어지게 노려보며 웃기 시작했다.

"그래 죽어! 그럼, 우린 영원히 같이 살 수 있겠지! 떨어져! 어서 더 깊숙이 빠져버리라고!"

겁에 질린 얼굴로 주위를 살폈다. 물살이 일렁이는 기척이 느껴졌다. 흩어져 있던 작은 물웅덩이들이 몸체를 흔들더니 한곳으로 모여들었다. 그러고는 거대한 괴물의 입처럼 나를 빨아들이고 있었다. 시야가 흐려졌다. 허리가 삼켜지고, 가슴이 물에 덮였다. 어느새 목까지 차오른 물로 인해 숨이 막힐 지경이었다.

그때였다.

"내 손 잡아!"

정신이 혼미한 가운데 어디선가 외치는 소리가 들렸다. 고개를 들자 규현이 다급한 얼굴로 나를 향해 손을 내밀고 있었다.

끈적거리는 수초처럼 시커먼 물이 내 몸에 착착 감겨들었다. 나는 가까스로 규현을 향해 손을 뻗었다. 규현이 내 손목을 움켜잡았다. 나는 규현이 이끄는 대로 질질 끌려나가고 있었다.

네레이스 바깥이었다. 어느덧 리하의 모습은 사라지고 없었다. 헤븐에는 동시에 세 명이 입장할 수 없다. 죽은 사람과 현실에 남아 있는 사람, 단둘이었다. 헤븐을 만든 개발자의 규칙이었다.

땅바닥에 드러누워 긴 한숨을 내쉬었다. 옆에 누워 있던 규현이 일어나 앉았다.

"나 없었음 어쩔 뻔했냐? 진짜 너 때문에 내가……."

조금 뒤 나도 자리에서 일어나 앉았다. 고요한 주위를 살피다 말을 꺼냈다.

"도무지 이해가 안 가……. 리하가 나한테 왜 그런 짓을 했을까……."

규현이 목소리를 높였다.

"아직도 정신 못 차렸냐! 네레이스는 사람을 홀려 영영 빠져나오지 못하게 만드는 곳이란 말이야. 그리고 헤븐을 자주 들락거리면 언젠가 네레이스에 빠지게 돼 있어. 방금 전처럼 말이야."

나는 잠자코 있다 말을 꺼냈다.

"그래도 이상한 게 있어."

"뭔데?"

"헤븐에서 리하의 모든 말과 행동은 기억의 조합들이라고 했지?"

"근데?"

"리하는 나한테 단 한 번도 빌딩에서 떨어져 죽으라는 말을 해본 적이 없어. 네레이스에 빠져 죽으라는 말도 하지 않았어."

규현이 한심하다는 듯 나를 보았다.

"걔가 했던 말을 네가 잊어버렸겠지. 친구로서 부탁하는데, 이제 제발 현실로 돌아와!"

규현의 진심 어린 눈빛을 마주 보면서도 나는 속으로 고개를 저었다. 이번에도 녀석이 틀렸다. 헤븐은 기억의 조합이 전부가 아니었다. 그러니까 리하의 영혼이 스스로 살아 움직인다는 믿음을 나는 끝내 져버리지 못했다. 모두 리하가 내게 쏟아부었던 마지막 말들 때문이었다.

'떨어져 죽어!'

그 말은 그 애의 기억이 아니었다. 떨어져 죽으라니. 맹세코 그 아이에게 그런 끔찍한 소리를 들어본 적이 없었다.

하지만 나는 다시는 헤븐에 들어갈 수 없을 것 같았다. 내 안에 들어 있는 이기적인 욕망과 또다시 마주쳤기 때문이다. 불길에 휩싸인 리하를 바라보면서도 달려가 구하지 못한 나. 그때처럼 나는 지금도 살기 위해 안간힘을 썼다.

5

"손님, 새 휴대폰에 모두 다 저장하면 되죠?"

휴대폰 대리점 직원이 나른한 얼굴로 나를 쳐다보며 물었다. 대리점 안을 둘러보던 나는 네, 라고 짧게 대답했다. 당연한 걸 물어보고 있다는 생각이 얼핏 들었다.

조금 뒤 대리점 직원이 또다시 물었다.

"녹음이 저장돼 있는데 그것도 옮겨 놓을까요?"

나는 고개를 갸웃하며 대리점 직원을 보았다.

"녹음이 있었어요?"

"네. 한 건 들어 있어요. 어떻게 할까요?"

"그럼, 그것도 옮겨주세요."

녹음된 내용이 뭔지 짐작도 되지 않았다. 그러고 보니 나는 녹음 기능을 사용해 본 적이 없었다.

"자, 이제 됐습니다. 불편한 점이 있으면 언제든 들러 주세요."

대리점 직원에게 인사를 하고 나서 밖으로 나왔다.

2월 말이었다. 재수하고 들어간 서울 소재 대학 입학을 앞두고 있었다. 엄마가 바라던 대학은 아니었으나, 엄마는 내게 입학 선물로 휴대폰을 사줬다.

거리를 걷다 휴대폰을 켰다. 녹음된 내용이 뭔지 궁금해 녹음 기능을 찾아 열었다. 녹음된 날짜는 2039년 3월 23일이었다. 어렴풋이 그 날짜가 떠올랐다. 고1 첫 모의고사를 치르던 날일 터였다. 재빨리 재생 버튼을 터치했다.

— 떨어져 죽어! 그렇게 죽고 싶으면 떨어져 죽으란 말이야. 이 병신새끼야!

나는 붙박인 듯 제자리에 멈춰섰다. 휴대폰을 쥐고 있는 손이 떨려왔다. 잠시 침묵하던 휴대폰에서 또다시 앙칼진 목소리가 흘러나왔다.

— 죽으라고 돗자리 깔아줄 테니까 어디 한 번 죽어봐. 같이 네레이스에 빠져 죽자고!

리하였다. 리하가 나를 향해 죽으라고 소리 질렀다. 목소리에 잔뜩 화가 들어차 있었다. 헤븐에서처럼 내 팔을 잡아당기며 물웅덩이 속으로 밀어뜨릴 것만 같았다.

비로소 그때 일이 떠올랐다. 고1 첫 모의고사를 망치고 나는 정말이지 죽고 싶은 심정이 들었다. 수학학원이 있는 건물 꼭대기에 올라가 리하에게 문자를 보냈다. 할 수만 있다면 이곳에서 확 떨어져 죽고 싶다고.

그러고 나서 나는 휴대폰 전원을 꺼버렸다. 고층 빌딩 꼭대기에 서서 한동안 푸른 하늘을 올려다보았다. 눈이 시리도록 푸른 하늘을 쳐다보며 마음을 가라앉히고 있었다. 그리고 앞으로 어떻게 살아야 할지 곰곰이 생각했다. 그런데 리하는 내가 정말로 고층 빌딩에서 떨어져 죽는 줄 알고 있었다. 이튿날, 퉁퉁 부은 눈으로 내

가슴을 마구 때렸던 기억이 떠올랐다. 이렇게 악다구니가 가득 담긴 말을 녹음해 놓았을 줄은 꿈에도 알지 못했다.

휴대폰 녹음 속에서 리하가 울고 있었다. 목소리 끝이 자꾸 갈라졌고 숨이 가빠 있었다. 왈칵 터져 나올 것 같은 울음을 겨우 참고 있는 것이다.

또 한 번의 침묵이 흐른 뒤 리하가 말하는 소리가 들렸다.

— 지후야, 절대로 그런 생각하지 마. 우린 더 살아야 돼. 우리 미래가 밝을지 아닐지 아무도 몰라. 하지만 틀림없이 우리 앞에는 많은 일들이 펼쳐져 있을 거야. 그 많은 기쁨과 슬픔, 행복과 고통……. 그 경험들을 다 해 봐야 하지 않겠니? 그래야 잘 살다 죽었다고 말할 수 있을 것 같아. 나는 너를 맨날맨날 만나면서 오래 살 거야. 바로 이곳에서 말이야.

리하가 말하는 '바로 이곳'은 헤븐이 아니었다. 그러니까 헤븐에서 만났던 리하, 네레이스로 나를 잡아끌었던 리하는 가짜였다.

리하가 말할 수 없이 그리웠다. 자신의 죽음에 대한 인지마저도 프로그램화돼 있는 아이. 그 아이가 보고 싶어 견딜 수가 없었다. 그래서 딱 한 번만 더 헤븐에 들어가기로 마음먹었다.

***

교실은 석양빛으로 온통 물이 들었다. 리하가 책상 위에 앉아 창밖 노을을 바라보고 있었다. 리하는 어린아이처럼 두 다리를 까닥거렸다. 보지 않아도 뻔했다. 아마 넋을 잃고 주홍빛 노을을 바라보고 있을 것이다. 이렇게 내가 들어온 줄도 모르고 있으니까.

리하를 부를까, 하다가 그만두기로 했다. 말없이 노을을 감상하기를 좋아했던 아이였다. 그럴 때 누구라도 말을 걸면 몹시 까칠하게 굴었다. 나는 그 아이를 남겨둔 채 뒤돌아 교실 출입문 쪽으로 걸어갔다.

출입문을 나오기 직전, 다시 뒤돌아 리하의 뒷모습에 잠시 눈을 둔 뒤 노을을 내다보았다. 노을은 여전히 온 세상을 발갛게 물들였다. 조금 전보다 더 강렬한 붉은 빛은 정말로 아름다웠다. 그러나 너무나 아름다워서 진짜처럼 느껴지지 않았다.

마침내 리하를 남겨두고 복도를 걸어나왔다. 적막한 복도를 걸어가며 눈을 감고 리하의 모습을 떠올렸다. 리하가 분홍빛 잇몸을 드러내며 활짝 웃었다. 내 팔에 닿았던 그 아이의 심장 박동 소리가 생생하게 느껴졌다. '리하 향기'. 이제 그 아이만의 체취는 사라지고 없었으나, 내 가슴에 남아 있는 리하는 언제나 진짜였다.

작가의 말

몇 년 전만 해도 청소년 소설에서 죽음은 금기어였다. 주인공뿐만 아니라 주변 인물들도 죽여서는 안 됐다. 미스터리 스릴러 덕후 작가가 돼버린 나로서는 몹시 난감한 일이었다. 어떻게 써야 독자가 공감할 수 있는 죽음을 그릴 수 있을까, 그 고민만 몇 해가 되도록 했던 기억이 났다.

학원가가 몰려 있는 그 유명한 동네에서 두 아이를 키우던 친구가 캐나다로 이민을 갔다. 같은 단지 아파트 옥상에서 학생이 떨어졌다는 소식을 듣고 이민을 결심했다고 말했다. 너무나 가슴 아픈 일이었다. 그러나 작가로서 내가 할 수 있는 건 그저 끄적거리는 일뿐이었다. 아무리 힘들어도 죽지 말고 살아야 한다고. 「네레이스」는 엄마로서 어른으로서 작가로서 꼭 한 번 써 보고 싶은 소설이었다. 여주인공의 말을 빌려 내가 하고 싶었던 말을 할 수 있어 다행이었다.

장르문학의 즐거움에 흠뻑 빠져 있는 요즘이다. 빛나는 작품을 쓸 수 있다면 작가로서 바랄 게 없을 것 같다.

이달의 장르소설

누시

이규락

2018년 문예지 영향력으로 작품 발표를 시작했다. 페이퍼이듬, 던전, 어션테일즈 등 문예지와 웹진에 꾸준히 단편소설을 실었다. 낮에는 출판 편집자로 일하고, 밤에는 소설을 쓰고 있다. 브릿G 제7회 작가프로젝트 공포소설 공모에 선정됐다. 『우리에겐 미래가 없어』, 『단편들, 한국공포문학의 두 번째 밤』, 『글리치 엑스 마키나』 등에 공저로 참여했다.
호러 매거진 ODD의 기획 필진이자 자유로운 창작 공동행동 '우롱센텐스'의 멤버다.

준희의 목소리가 재희를 어둠 속에서 건져올렸다. 이제 깨어날 시간이라고, 언니, 여기서 지체할 시간이 없다고 준희가 속삭였다. 아니, 그렇다고 생각했다. 누가 강제로 내리누르는 것처럼 눈꺼풀이 무거웠다. 뜨거운 햇살이 축축한 피부에 내리쬐었다. 바닷가를 때리는 파도 소리와 갈매기가 울부짖는 소리가 희미하게 귓전에 맴돌았다. 그래, 이제 일어나야 해, 하고 뇌가 신호를 보내왔지만 정신은 자꾸 일렁이는 잠의 밑바닥으로 미끄러졌다. 마치 누군가 발목을 붙잡고 아래로 끌어당기듯이.

모래사장을 걷는 발소리가 사방을 에워싸더니, 이윽고 그림자 같은 것이 늘어진 재희의 몸 위로 드리워졌다. 낮고 거칠고, 알아들을 수 없는 말소리가 오갔다. 억센 손이 재희의 상체를 벌떡 일으켜 세웠다. 다리에 힘을 주려 했지만 도저히 바로 설 수가 없었다.

재희는 양어깨를 붙잡힌 채 어디론가로 끌려갔다. 파충류의 울음소리처럼 꾸르륵거리는 말소리가 들려왔다. 이게 대체 무슨 일인지 파악해야 했다. 정강이가 모랫바닥에 질질 쓸렸다. 누군가, 재희를 어딘가로 데려가고 있었다.

재희는 온 힘을 다해 눈을 떴다.

처음 눈에 들어온 건 해안가였다. 파란 하늘 아래 펼쳐진 해변으로 파도가 휩쓸려왔다. 모래밭은 시선이 닿는 끝에서 반달 형태로 휘어지며, 높이 솟은 절벽에 삼켜졌다. 재희는 간신히 옆을 돌아봤다.

재희의 양어깨를 붙잡은 손들은 인간의 것이 아니었다. 팔 하나는 털 대신 촉수 같은 넝쿨들이 잔뜩 엉켜 있었다. 다른 팔에는 좁쌀만 한 눈동자처럼 생긴 종기들이 빼곡하게 돋아 있었다. 재희의 머릿속으로 기억의 파편이 틈입했다. 원주민들. 우성의 말에 따르면 외부와 전혀 접촉하지 않은 채 사는 원주민들이 이 제도 곳곳에 있다고 했다. 그런 사람들일까? 하지만 그렇게 보더라도 너무 끔찍한 신체였다…….

금방이라도 팔을 뿌리치며 비명을 지르고 싶었다. 토사물이 올라와 목구멍을 틀어막았다. 재희는 참지 못하고 구토를 쏟았다. 욕설 같은 외침과 함께 손바닥이 날아들었다. 턱이 돌아가는 얼얼한 충격이 왼뺨을 가격했다. 재희의 의식은 금세 어둠 속으로 떨어졌다.

그들이 재희를 데려간 곳은 절벽 위의 동굴이었다.

재희가 정신 차렸을 때, 동굴 한편에는 인간의 것으로 보이는 뼈가 쌓여 있었다.

재희는 이 여행이 나름 괜찮을 거라고 생각했다. 적어도 끔찍하진 않을 거라고.

섬에 도착하는 과정에서부터 글러먹은 여행이었다. 한국과 멀리 떨어진 낯선 타국 땅에 비행기를 타고 온 건 처음이었다. 공항에서 기다리기로 했던 우성은 집에 정비해야 할 문제가 생겼다고 했다. 수도관이 터졌다나. 재희는 시차에 적응할 만한 시간도 갖지 못한 채, 겨우 기차에 올라 눈을 붙이며 홀로 뿌라뚜 항구로 향해야 했다. 푹푹 찌는 더위로 가득한 선착장에서 배를 타고 포르투마 섬으로 한참 들어갔다. 배가 에메랄드빛 바다를 가르는 동안, 하늘이 어둑어둑해지더니 간헐적으로 빗방울을 뿌렸다. 갑자기 거칠어진 파도에 재희는 속이 메슥거렸다. 목걸이에 달린 부적을 무의식적으로 꽉 쥐었다. 준희가 선물해준 물건이었다.

포르투마 해변에서 재희는 우성이 알려준 '운반자'를 찾아 헤맸다. 그 운반자란 외판이 칠이 벗겨져 다 녹슬어가는 낚싯배의 주인이었다. 우성의 말에 따르면 "생필품을 전달해주는 유일한 거래인"이었다. 손바닥으로 차양을 만들어 빗물이 눈에 들어가지 않게 보호하던 재희는, 영어를 더듬더듬 하며 낯선 어부들을 수소문한 끝에야 그와 만날 수 있었다.

재희는 뭔가 실망스러웠다. 내가 상상하던 건 이게 아니었는데. 남반구의 뜨거운 태양과 초록빛 무성한 야자수 아래 쉼터가 마련된 휴양지. 그야말로 아름다운 풍경에 마음이 녹아, 불안한 기운을 죄다 날려버릴 수 있는 환경을 원했다. 그러나 포르투마에서 보이는 거라곤 울퉁불퉁한 돌로 가득한 못생긴 자갈 해변과 누더기를 걸친 시골 사람들뿐이었다. 안내 팸플릿이나 외국 사이트에서 찾아봤던 사진들은 한껏 미화된 느낌이었다. 물론 관광보다는 휴식기를 갖는 게 목적이었지만…….

우성이 거주하고 있다는 이름 모를 섬에 도달할 때까지도 날씨는 여전히 우중충했다. 빗물은 분무기처럼 간헐적으로 전신에 분사됐다. 얼른 땀과 빗물을 씻어내고 싶었다. 파도에 따라 흔들리는 보트에 앉아 가까워지는 섬을 바라봤다. 저 멀리 후줄근한 후드 차림새로 맞이하러 나온 우성이 보였다. 마르고 긴 팔다리, 큰 키에 비해 너무 좁은 어깨, 오 년 전 그대로였다.

반가운 마음이 요동쳤다. 그래, 이보다 더한 고생길은 대학생 때 우성과 같이 훨씬 많이 겪었었지. 친구들과 미쳤다고 새벽에 차를 운전해 서울에서 부산까지 내려가 아침 해를 봤던 일, 선배들 따라 농활을 갔다가 논에서 거머리에 물렸던 일, 기차여행을 하다 가위바위보

진 사람더러 다음 기차를 타고 따로 오라 했던 일, 버스를 잘못 내리는 바람에 산중을 한참 걷다 겨우 트럭을 얻어탔던 일…….

마지막 여행지에서는 동생 준희도 함께였다.

보트가 부두에 선착했다. 재희는 비틀비틀 무릎을 일으켰다. 준희를 생각하자 현기증이 일었다. 눈앞이 노래졌다. 빗물이 고인 바닥에 신발 밑창이 미끄러질 뻔했다. 다급히 난간으로 손을 뻗었다.

우성이 어느새 다가와 재희의 팔을 붙들었다.

"조심성 없는 건 여전하네."

우성이 웃음기가 밴 목소리로 말했다. 그의 손바닥에서 따뜻한 기운이 전해졌다. 덕분에 재희는 정신이 들었다. 우성은 캐리어를 건네받더니 나무로 지어진 선착장 위로 이끌었다. 그는 긴 시간 동안 고생했다고, 곧 쉴 수 있다고 응원하며 언덕 위를 가리켰다.

어느새 사위가 어두워지고 있었다. 정돈된 길을 따라 나란히 수놓아진 나무들 너머로 저택이 보였다. 저택 창가에 노란 불빛이 들어와 있었다. 그 커다란 저택이 머리를 기울여 재희를 내려다보는 듯했다.

재희는 복층의 아늑한 방으로 안내받았다. 어디서 이

런 집을 봤더라? 재희의 머릿속에 먼저 떠오르는 건 '고급 별장'이라는 단어였다. 그만큼 근사한 저택이었다. 빈틈없이 도포된 갈색 지붕이며 목재로 가지런히 지어진 벽 하며. 날이 화창하기만 했다면 사진에서 봤던 그대로 멋진 모습일 듯했다.

재희는 우성에게 묻고 싶은 게 많았지만, 어느 이야기부터 꺼낼지 몰랐다. 우성은 공항에 데리러 가지 못해 미안하다며 거듭 사과했다. 재희는 옛 기억을 잠깐 떠올렸다. 원래 이렇게 배려심 많은 성격이었던가. 대학 때 우성은 웃기지만 싸가지 없기로 유명했었다.

방은 침대와 벽장, 서랍이 나란히 창가를 바라보는 형태였다. 재희는 창밖으로 하얗게 부서지는 파도와 먹구름이 깔린 수평선을 응시했다. 우성은 방문을 살며시 닫았다.

"재희야, 그럼 좀 쉬다 저녁 먹으러 와."

재희는 짧게 끄덕여 답하고는 짐을 풀기 시작했다.

이곳에 오기로 결심한 건 불과 이 주 전이었다. 수년간 문제없이 다녀온 회사를 때려치우고, 친구들과도 점차 연을 끊어가던 중이었다. 하긴, 너희는 내 사정을 절대 모를 거라고 주절대며, 우울에서 벗어날 수 없는 운명에 놓인 사람의 심정을 아냐고 윽박지르기만 하는데

몇이나 관계를 유지할까. 그렇다고 입을 함부로 놀려대는 놈을 곁에 둘 순 없었다. 주어진 시련을 딛고 일어서야만 살아갈 수 있다는 진부한 조언을 반복하던 친구도 있었다. 그걸 모르는 사람이 어디 있다고. 그렇게 말하는 사람들도 어떻게 딛고 일어설지 구체적으로 알려주지 못했다.

그러던 와중 우성에게 받은 메일이 떠올랐다.

재작년 어느 날 우성은 난데없이 재희에게 메일을 보내왔다. '칠칠아 잘 지내니?' 쓸데없는 광고성 메일 사이에서도 한눈에 들어오는 제목이었다. 매사에 칠칠맞지 못하다는 것과 7월 생일자라는 뜻이 합쳐진 그 촌스러운 별명으로 그녀를 부르는 건 단 한 사람이었다. 제목을 클릭하자 근사한 저택 사진과 함께, '나는 남반구의 나마란타 제도에 위치한 섬에 혼자 살고 있다'는 메시지가 나타났다. 왠지 네가 생각났다는 내용이 이어졌다. 언젠가 찾아오면 좋겠다는 말로 메일은 끝맺었다.

그래, 그 섬이야. 그곳에서 어쩌면 시련을 딛고 일어설지도 모르지. 나와 비슷한 경험을 겪었던 친구와 함께 말이지.

다만 두 가지가 걸렸다. 우선 나마란타 제도에 대해 평생 들어본 적이 없었다. 두 번째로 재희는 우성의 애인에게 큰일이 닥쳤을 때 제대로 위로를 전하지 못했었다. 우성과는 대학을 졸업한 뒤로 서로 너무 다른 길을 걸어왔다. 애인에 대해서도, 평소 집에서 정리 정돈도 안 한 채 게임만 하길 좋아하는 우성과 달리 스포츠에 관심이 많고 인테리어를 매번 바꾼다는 등 둘이서 상극이라는 말만 건너 들었었다. 애인의 소식을 들었을 땐 우성의 집안은 원체 잘살기로 유명했기에 어떻게든 극복하고 잘 살 거라고 지레짐작하기도 했다.

초대 메일에도 한참 뒤에야 답한 꼴이었다. 그 오만함에 대해서 후회하며 써내려간 뒤늦은 답장을 우성은 잘 받아줬다.

어느새 방이 어둑했다. 짐을 푼 뒤 침대에서 깜빡 졸았던 모양이다. 저택을 둘러싼 냉기가 피부로 느껴졌다. 파란색 향초 하나가 서랍장 위에 밝혀져 있었다. 우성이 왔다 갔나? 챙겨주는 건 좋았지만, 자는 사이에 몰래 들어왔다고 생각하니 영 찜찜했다. 시간을 확인할 겸 휴대폰을 확인했다. 통신이 잘 잡히지 않았다. 이런 섬에 와이파이가 터질 리 만무했다.

돌연 쿵, 하는 묵직한 소리가 벽을 때렸다.

재희는 놀라서 휴대폰을 떨어트렸다. 소리가 들려온 벽을 쳐다봤다. 촛불이 희미하게 벽을 비췄다. 벽을 계속 노려봤지만 아무 소리도 들려오지 않았다. 바람 소리인가? 재희는 한숨을 쉬며 허리를 숙였다. 휴대폰을 주우려 했다.

다시 무언가 벽을 때리는 소리가 적막을 깼다.

재희의 다리가 휘청거렸다. 욕을 중얼거리면서 바닥을 더듬었다. 휴대폰이 침대 아래로 들어갔는지 손에 잡히는 게 없었다. 지금이 몇 시였더라? 휴대폰을 켰을 때 바로 기억했어야 했는데! 자신의 건망증을 저주하며 재희는 불 밝혀진 향초를 들었다. 우성이 보수작업을 하고 있는 걸지도 몰랐다. 저녁을 먹으러 오라고 했던 말이 떠올랐다.

방문을 열자 발코니 형태의 복도가 나타났다. 맞은편에 다른 방으로 이어지는 입구가 어둠에 감싸여 있었다. 재희는 입구로 다가갔다. 소리는 분명 이쪽에서 들려왔다. 시커먼 목구멍같이 깊이를 가늠하기 힘든 어둠이 자리했다. 향초를 입구에 가까이 대보았다. 하지만 동굴 속에 들어와 있는 것처럼 어둠은 그대로였다. 이게 뭐지? 검은 커튼이라도 내려와 있는 걸까?

손을 뻗어 어둠을 만져보려 하는데, 쿵, 하는 울림이 사방을 뒤흔들었다.

재희는 주저앉았다. 향초가 바닥에 떨어지며 촛불이

꺼졌다. 촛농이 사방으로 흩어졌다. 다행히 재희의 살갗에 튀지는 않았다. 손님으로 오자마자 이런 실수를 하다니. 이상한 소리가 들려오는 와중에도 폐를 끼쳤다는 생각이 먼저 들었다. 우성은 저 방 건너편에 있을까? 어둠 속에 손을 대기가 꺼림칙했다. 소리의 정체가 무엇인지도 모르겠고, 집 안의 공기는 너무 차가웠다. 뭐가 됐든 우성을 찾아 물어보고 싶었다.

벽을 짚어 발코니 아래에 뻗은 계단으로 내려갔다. 목걸이를 쥐었다. 불안할 때마다 나오는 습관이었다. 층계참에 발이 닿았을 때였을까. 정체불명의 소리가 다시 저 어둠에 감싸인 방에서 울렸다. 재희는 이제 그 소리를 무시하려 했다. 얼른 우성을 찾고자 하는 마음만 굴뚝같았다.

이번에는 소리가 연속적으로 들렸다. 마치 누가 일부러 바닥을 내리치는 것처럼 쿵, 쿵, 쿵.

그 소리는 가까워지고 있었다. 재희는 뒤를 돌아 계단 위편을 쳐다보았다.

푸른색의, 자락이 긴 옷을 입은 여자가 있었다.

긴 머리를 늘어트려 얼굴을 확인할 수 없었다. 여자는 계단을 달려 내려오고 있었다. 재희는 얼어붙었다. 도망가고 싶었으나 차마 발이 떼어지지 않았다. 여자는 마치 재희를 덮치듯 손을 뻗고 뛰어왔다.

재희가 벽에 밀어붙여졌다. 여자는 재희와 불과 몇 센티미터도 떨어지지 않은 거리에 있었다. 썩은 내가 올라왔다. 검은 머리카락 사이로, 창백한 피부가 보였다. 재희는 보고 싶지 않았지만, 여자의 얼굴을 마주해야 했다.

여자의 얼굴은, 우성의 그것이었다.

우성이 입을 벌리며, 쇳소리를 울렸다.

"돌아가."

재희는 눈을 떴다.

정체불명의 새가 지저귀는 소리가 들렸다. 창가에서 햇빛이 쏟아졌다. 재희는 황급히 이불을 걷었다. 꿈? 서랍장 위 향초는 그대로였다. 보라색 향초. 잠깐, 향초 색이 바뀐 거 같기도 한데?

문 두드리는 소리가 났다. 아침 먹으라며 우성이 다정한 목소리로 알렸다. 친구의 달라진 부드러운 태도가 괜히 느끼했다. 재희는 대충 대답한 뒤 바닥과 침대 여기저기를 뒤졌다. 휴대폰은 침대 아래에서 방전된 채였다.

문을 열어 복도 맞은편을 확인했다. 그곳에 방은 없었다. 흰색 벽으로 가로막혀 있을 뿐이었다. 그래, 꿈. 꿈이었나 보다. 마음이 너무 불안해서 꾼 꿈. 재희는 벽 가까이로 다가갔다. 판자로 된 흰 벽을 어루만졌다.

벽 한가운데에 작은 무늬 하나가 새겨져 있었다. 마치 새를 스케치해놓은 것 같은 형상의 그림이었다. 아니, 날개와 부리가 달린 인간에 가까워 보였다. 그림의 형태는 마치 일종의 표식 같았다.

"거기서 뭐 해?"

재희는 고개를 돌렸다. 우성은 계단에 발을 걸친 채, 접시가 든 쟁반을 들고 있었다. 접시에 빵과 과일이 담겨 있었다. 재희는 살짝 웃으며 쟁반을 건네받았다.

"아니……, 그냥. 매일 이렇게 먹는 거야?"

우성은 쉴 틈이 없어 보였다. 저택 근처에 심어진 수목과 개인 정원을 손질하고, 밭갈이까지 하는 게 일과였다. 밭에서 캐낸 채소와 '운반자' 아저씨에게 돈을 내고 전달받는 식료품으로 연명한다고 했다. 저택 청소나 보수 공사 또한 개인이 도맡았다.

재희는 처마 그늘 밑에 앉아 햇빛을 피했다. 정원용 가위로 수목을 손질하는 우성이 보였다. 기숙사에서 퍼질러 자느라 강의에 늦거나, 피시방에서 친구에게 게임 좀 잘하라고 고함치던 철부지는 온데간데없었다. 여행을 갔을 때도 손재주 없다고 타박받기나 했던 녀석이었는데. 지금은 모든 걸 혼자 하고 있었다.

오 년은 긴 시간인가 보았다. 아무 고민 없이 서로 게임 얘기나 나누던 시절이 그리웠다. 하지만 우성이 지금처럼 건강해보이는 것은, 과거의 많은 것과 단절하고 이곳에서 성실히 살고 있기 때문일 것이다. 나도 이곳에 온 이유 중 하나가 과거를 잊기 위함이니까. 그래, 휴대폰을 서둘러 고칠 필요는 없다. 휴대폰 앨범은 아직도 준희의 사진으로 가득했다.

점심시간이 되자 우성은 재희를 해변으로 데려갔다. 우성은 한참을 말없이 걷다 파도치는 해안 멀리를 가리켰다. 바위섬 하나가 수평선 자락에 툭 튀어나와 있었다.

"발 헛디뎌서 바다에 빠지더라도 절대 저쪽으론 가지 마."

우성이 미소를 지었다.

"야만인들이 널 구워삶을 수도 있거든!"

여행을 결심하기 전, 재희는 나마란타 제도의 원주민 보호구역에 관해 살펴보긴 했다. 외부와 접촉하지 않은 원주민들이 사는 섬이 존재한다고 했다. 근데 이렇게 가까이 있다고? 농담하지 말라며 우성의 어깨를 때렸다. 우성은 아픈 척 어깨를 부여잡았다.

저녁이 되어서야 둘은 제대로 된 이야기를 나눌 수 있었다. 재희는 1층 식탁에서 표지가 다 바랜 소설을 읽고 있었다. 우성의 서가에서 고른 책이었다. 문이 벌컥 열리더니 우성은 바깥으로 나오라고 했다. 옛날 분위기 한번 내보자는 것이었다.

밤이 내린 모래사장에 땔감이 불꽃을 피워 올렸다. 우성은 피크닉용 의자에 걸터앉아 맥주 캔을 건넸다.

"네가 운전할 줄 알아서 대학 때 많이 싸돌아다녔잖아."

한참 근황에 관한 얘기를 나눴을 즈음—대부분 취업을 어떻게 했는지에 관한 내용이었다—우성이 갑작스레 옛이야기를 꺼냈다.

"남해로 가는 국도에서 추돌사고 날 뻔했던 거 기억나? 그때 너 아녔음 그 아저씨한테 호구 잡힐 뻔했지. 남자애들도 눈치만 보고 있었는데."

기억났다. 분명 그 인간들이 새치기하는 바람에 큰일 날 뻔했던 건데. 절대 물러나지 않고 하나하나 반박하고 나중에 가선 엿 먹으라며 가운뎃손가락까지 먹여줬다. 우성은 대학 시절 이야기를 주절거렸다. 심심하면 너한테 부탁해서 수업 째고 드라이브 나가고는 했는데……. 재희는 슬쩍 웃으며 이제 그만해달라고 하려 했다.

"야, 일본 갔을 때도 운전 잘했지. 거기는 운전석 위치랑 도로 사정도 다른데."

재희는 고개를 갸웃했다. 우성과 일본에 갔던 기억은 없는데? 아니, 일본땅을 밟아본 적조차 없었다. 해외에 오는 건 여기가 처음이라고 몇 번이나 말했던 것 같은데.

"아아! 맞아. 이 기억은…… 아니야."

우성은 말을 얼버무리고 다음 질문으로 넘어갔다.

"요즘도 드라이브 자주 해?"

목울대를 얻어맞은 것처럼, 재희는 말문이 턱 막혔다.

일어나, 언니. 일어나.

준희의 목소리가 귓전에 맴돌았다.

"아니, 안 해."

"왜?"

"트럭이 눈앞에서 내 차를 박살낸 뒤로는 하고 싶지 않아. 거기에…… 준희도 타고 있었거든."

재희는 불씨가 허공에서 흩어지는 모습을 지켜봤다. 천천히 눈을 감았다.

"내가 더 빨리 운전대만 돌렸어도, 준희는 멀쩡했겠지."

동생에 대해 말하면 사람들은 금세 침묵했다. 혹은 뻔한 말을 하거나, 대화 주제를 옮겼다. 재희는 사고 이야기를 꺼낸 게 조금 후회되었다. 목걸이를 들여다봤다.

준희가 이걸 건네줬을 때로부터 벌써 오 년이나 지났다. 어디 여행 다녀오면서 얻어온 거라던데. 모닥불 빛을 반사하는 투명한 플라스틱 안에 작은 부적 종이가 있었다.

우성은 바다 쪽으로 얼굴을 돌렸다. 모닥불이 인근 해안가를 간신히 비췄다. 불빛이 사라지는 경계 너머로는 어둠만이 자리했다. 이 친구도 아무 말도 하지 않으려나 보구나. 재희는 짐작했다.

"많은 게 내 탓으로 느껴지던 시절이 있었어."

우성이 입을 열었다.

"여자친구가 병실에 누워 있는 것만 봐도 잘못한 것만 같았어. 여자친구의 아버지가 말은 안 했지만 나를 질책하는 눈빛으로 바라봤거든. 외국에서 거주하시던 분인데 본인이 없는 동안 딸이 그렇게 됐다고……. 내가 사람을 잘 돌보지 못해서 그렇게 된 거 같았지. 근데, 그런 죄를 덜어낼 수 있단 걸 여기 와서 깨달았거든."

우성은 모닥불에 땔감을 던져넣었다.

"이곳에서의 경험은 아주 새로웠어."

갑자기 격앙된 말투였다. 우성은 의자에서 일어나 연극적으로 손짓하면서 무언가를 설명하려 했다.

"마치 몸 안에 여러 사람이……"

우성은 멈칫했다.

“미안. 괜한 소릴 한 거 같네.”

재희는 의자에 파묻듯 기대었던 상체를 일으켰다. 뭔가 중요한 말이 남았을 거라는 확신이 들었다. 우성을 극복하게 해준 그 경험이 무엇인지 궁금했다.

모래사장을 밟는 바스락 소리가 들렸다. 재희는 우성의 어깨 너머를 살폈다. 밤의 어둠 속에서 사람의 형체가 아른거렸다.

“우성 씨.”

많이 쉰 목소리가 울렸다.

“손님이 계실지는 몰랐습니다.”

새로 나타난 사람은 안경을 낀 장년 남성이었다. 흰 곱슬머리가 어깨까지 내려왔고, 이마가 처마처럼 튀어나왔다. 남자는 여름과 맞지 않게 긴 코트를 걸치고 있었다. 옆구리에 스티로폼 상자를 낀 채였다. 재희는 자리에서 일어났다. 그는 재희와 시선을 마주했다. 재희는 어쩐지 남자가 허공만 바라보는 것만 같았다. 그만큼 눈빛을 가늠할 수 없었다.

“재희야. 여기는 어, 김준연 교수님이라고 해. 유일한 이웃이야.”

"아, 이분이, 그……?"

"네네, 곧 놀러 올 것 같다는 친구요."

우성이 급히 교수의 말을 가로막았다.

"교수님은 이쪽 섬에는 왜 오셨어요?"

김 교수는 이 섬에 살고 있는 사람은 아닌가 보았다. 하긴, 섬 통째로 우성이네 집안이 소유하는 것과 마찬가지라 했으니. 김 교수는 스티로폼 상자를 모닥불 앞에 내려놓았다. 비린내가 사방으로 번졌다. 재희는 해산물 식당 앞에서 맡던 비린내와는 다르다고 생각했다. 하지만 익숙한 냄새였다. 입술이 터지거나 손가락이 베어 핏방울을 삼켰을 때의 짭조름함 같은…… 방부제를 쓰지 않는 오래된 내장탕집의 돼지 피 냄새 같은.

김 교수가 상자를 개봉하기 위해 손을 움직였다. 재희는 상자 안에 못 볼 게 들어 있을 것 같았다.

뚜껑이 열렸다. 얼음팩과 냉동된 생선들이 가득했다. 재희는 안도했다. 김 교수는 일주일간 낚시해온 걸 주고자 들렀다고 했다.

"한국 사람이 먹기는 냄새가 좀 고약하긴 해도, 익숙해지면 괜찮을 거요."

우성은 이렇게 항상 나누려고 하시지 않으셔도 된다고 했다.

"그나저나 젊은 아가씨께 이곳의 주의사항은 전했나?"

재희는 우성에게 의문의 시선을 던졌다. 머릿속으로 전날 꾸었던 악몽의 이미지가 지나갔다. 그 시체처럼 핏기가 없던, 우성의 얼굴을 한 여자가.

"그럼요."

우성이 대답했다.

"야만인. 진즉에 사라졌어야 할 야만인들이 도처에 숨어 있어요."

교수가 목소리를 높였다.

"원주민을 보호한다는 이상한 명목으로 문명 전파를 허락하지 않고 있지. 재희 씨. 혹시 말라이카 섬의 마히누시 부족에 관해 아십니까?"

재희는 눈빛으로 우성에게 도움을 요청했다. 우성은 두 팔을 들어 자기도 잘 모르겠단 몸짓을 했다.

"잘못된 믿음의 전형적인 문화 고착화가 이루어진 부족이지. 그들은 아직도 인간이 하늘을 날 수 없다고 믿고 있죠. 하늘에 비행기가 보여도, 그게 인간의 것이 아니라 신의 소행이라고 단정짓거든요. 신의 자손들만이 하늘을 날 수 있으니까."

김 교수는 땔감 주변에 떨어진 나뭇가지 하나를 집어 들었다. 그리고 모랫바닥에 무언가를 그렸다. 두 날개를 쪽 뻗은 인간이 선을 따라 나타났다. 재희는 비슷한 그림을 어디선가 본 것만 같았다.

"그들이 믿는 반인반신, '누시'를 뜻하는 그림이지. 누시의 권능 중 하나가 뭔지 압니까? 죽은 자를 되살리는 겁니다. 수평선 너머 죽은 자들의 세계가 있다고 믿기 때문입니다. 누시가 날아서 죽은 자들의 세계에서 혼을 되찾아올 수 있다고."

교수가 안경을 콧잔등 위로 치켜올렸다.

"그 권능을 발휘하려면 죽은 자의 영혼이 기거할 다른 육체가 필요하답니다. 그래서 종종 동족상잔의 비극이 벌어지기도 하지. 소중한 사람을 되살리겠다고 말이야. 이런 멍청하고 야만적인 문화를 그대로 놔두는 게 죄악 아닌가? 아니, 그건 문화라고도 하기 부끄러운 것이라네."

열변을 토하던 교수는 나뭇가지를 불 속으로 던져버렸다.

"에이, 보호구역은 수십 킬로나 나가야 겨우 찾아볼까 말까인데요."

우성이 대답했다. 교수는 우성을 흘깃 보더니 실례가 많았다는 인사와 함께 자리에서 일어났다. 우성과 악수를 나누며 생선을 잘 보관하라고 했다. 그리고 재희 쪽으로 다가와 악수를 청했다.

"하고 싶은 말은 이거요. 저 친구 옆에 꼭 붙어 있어야 한다고."

재희는 손을 맞잡았다. 교수의 손바닥에 땀이 잔뜩 배어 나와 축축했다. 재희가 손을 틀어쥔 악력이 아프다고 느낄 즈음, 교수는 손을 바로 놓았다.

교수는 해안선을 따라 밤의 어둠 속으로 자취를 감췄다. 그가 떠나간 쪽을 바라보던 우성이 속삭였다.

"좀 맛이 간 사람이야."

우성은 관자놀이 쪽에 검지를 대고 빙빙 돌렸다.

잠시 후, 하늘에서 비가 쏟아졌다.

비는 밤새 내렸다. 천둥소리가 가끔씩 재희의 고막을 때리며 잠을 깨웠다. 정오가 되어서야 볕이 들었다. 우성은 아침부터 지하실을 한참 왔다 갔다 했다. 전압실과 수도가 죄다 지하에 설비되었다고 했다. 컴퓨터가 설치된 유일한 공간이기도 했다. 워낙 통신 시설이 형편없어서 인터넷을 한 번 돌리는데 수백 년을 기다려야 한다지만.

창문으로 비스듬히 내려오는 햇빛을 받던 우성이 재희에게 철제 고리를 던졌다.

"보트 열쇠야."

우성의 보트는 선착장에 매여 있었다. 개인 보트는 2층 구조로, '운반자' 아저씨가 태워준 낡은 상선과는 달리 깔끔한 흰색으로 칠해져 있었다. 재희는 보트에 오른 뒤 언덕 위의 저택 방향으로 고개를 돌렸다. 저택 복층을 눈대중했다. 재희가 묵는 방만 있다고 하기에는 양옆으로 훨씬 넓어보였다. 의문이 솟아오르려는 순간, 보트가 물을 튀기며 출발했다.

섬이 엄지손가락처럼 작아질 때까지 바다로 나아갔다. 날은 선선했다. 배가 수면을 가르자 흰 포말이 일었다. 보트를 운전하는 법은 언제 배운 걸까? 대학 시절 우성은 스포츠를 좋아하지 않았다. 정말 예전 모습은 얼마 남아 있지 않았다.

어쩌면 서로 공유하는 기억 일부말고는 아무것도.

재희는 소름이 돋았다. 전날 읽던 책을 가져왔지만 활자가 눈에 들어오지 않았다. 우성이 세상 누구보다 어색하게 느껴졌다. 말없이 갈매기가 보트에 안착하거나 날아다니며 끼룩대는 소리를 들었다. 오 분쯤 흘렀을까. 갈매기들은 동시에 날아올랐다.

재희는 허리를 일으켜 세웠다. 운전대에 몸을 기댄 우성의 뒷모습을 바라보았다. 예전엔 정말 무식하게 키만 큰 웃긴 놈이었는데. 재희는 멱살을 잡고 싶은 충동이 일었다. 어제 네가 하려 했던 이야기가 뭐냐고. 한국을 뒤로하고 온 이 섬에서 무엇을 겪었느냐고. 네 안에 예전의 우성이 남아 있기는 한 거냐고.

재희는 햇빛에 눈을 찡그리며 고개를 들었다. 우성의 머리 뒤, 또 다른 풍경이 재희의 시선을 사로잡았다.

천둥과 번개를 동반한 먹구름이 수평선으로부터 다가오는 중이었다. 우성은 재빨리 시동을 걸었다. 엔진이 털털거리다 속력을 냈다. 먹구름은 빠르게 하늘을 뒤덮었다. 바다는 탁한 옥색으로 물들어간 지 오래였다.

"기상청이 멍청한 건 어느 나라나 마찬가지인가 보지?"

재희는 괜히 농담을 던졌다.

"진짜 기상특보 따위가 없었어."

우성은 굳은 표정으로 운전대를 고쳐잡았다.

빗방울이 한두 방울씩 떨어져 내리기 시작하더니, 몇 분 후에는 지붕을 난타했다. 번개가 바다에 눈부신 빛을 뿌렸다.

재희는 운전대 옆에서 어떻게든 지지대를 붙들고 미끄러지지 않으려 했다. 파도가 보트를 양옆에서 거세게 밀어댔다. 갑판으로 침범해온 바닷물이 슬리퍼를 휩쓸어갔다. 흔들리는 보트는 놀이기구처럼 사람의 혼을 빼

놓았다. 우성은 두 다리로 겨우 몸을 지탱하며 운전대에 딱 붙어 있었다.

어느 정도 섬에 가까워졌는지 확인하고 싶었다. 마침내 재희는 무릎에 힘을 주어 일어났다. 빗줄기 사이로 커다란 파도가 몰려오고 있었다. 마치 섬으로 이루어진 거인이 주먹을 내리쳐 생긴 물의 장막 같았다. 보트는 솟아오른 옥색 파도에 휘말렸다.

그리고 선체가 뒤집혔다.

재희는 숨을 거칠게 토해내며 눈을 떴다.

검정색 바위로 된 울퉁불퉁한 천장이 가장 먼저 보였다. 어디선가 물방울이 떨어지는 소리가 났다. 가슴팍을 더듬었다. 목걸이는 그대로였다. 재희는 우선 안심했다. 동생이 유일하게 남긴 물건 중 하나였다.

재희는 여기가 어딘지 파악하고자 했다. 바로 전 기억을 더듬었다. 괴이한 존재들이 자신을 끌개마냥 잡아당기던 장면이 떠올랐다. 벌레의 알처럼 동그란 무언가 수없이 솟아난 피부……. 어디서도 들어보지 못한 언어와 파충류의 울음소리……. 그 괴물들이 나를 여기까지 데려온 걸까? 대체 정체가 무엇인지 궁금했다. 김준연 교수는 나마란타 제도가 문명이 전혀 닿지 않은 위험한 공간이라고 설명했다. 인간이 아직 발견하지 못한 존재? 유튜브 미스터리 채널로 숱하게 접한 영상들이 떠올랐다. 인간의 눈을 피해 땅굴에서 살아가는 존재라던지……. 망상이 머릿속을 헤집어놓았다.

재희는 비틀거리면서 어떻게든 일어나려고 했다. 암벽을 꽉 잡고 허리를 바로 세웠다. 흙주머니라도 달아놓은 것처럼 팔다리가 무거웠다. 종아리가 후들거렸다. 오른 발목이 심하게 접질렸는지 통증이 파고들었다. 재희는 비명을 간신히 참아내며 발목을 부여잡았다. 찡그린 얼굴로 사방을 둘러보았다. 길게 이어진 터널 끝에서 빛이 새어들었다. 재희는 오른 벽면을 보았다.

암벽에 뼈 무더기가 쌓여 있었다. 괴물들이 수많은 살점을 죄다 발라놓고 뼈만 남겨놓고 간 것만 같았다. 동물의 뼈일 거야. 스스로를 안심시키려 했다. 그러나 사람의 두개골이 뼈 무더기 사이에 분명히 박혀 있었다. 적어도 열 개는 넘어 보였다. 벽면 위로는 누군가 흰 형광물질로 칠해놓은 그림이 형형색색을 발했다.

날개 달린 사람의 벽화였다.

무슨 일이 있어도 이곳을 나가야 한다고 재희는 중얼거렸다. 어쩌면 다음 뼈의 주인공은 자신일지도 몰랐다. 교수의 말이 떠올랐다. 원주민들이 이상한 형태의 신체를 취하고 있다고도 했나? 동굴 바깥을 향해 천천히 걸었다. 그들이 입구를 지키고 있을지도 몰랐으나, 재희는 그렇지 않다는 데에 운을 걸기로 했다.

왜 보트를 타자고 했을까. 우성은 어떻게 되었을까? 애초에 내가 여기에 오지 않았으면 생길 일이 아니지 않았을까. 후회가 들었다. 하긴 누가 배에서 좌초될 걸 예상하고 여행을 오겠는가? 재희는 발목에 전해지는 통증을 참지 못하고 가만히 서서 숨을 헐떡였다.

동굴 바깥에서 누런거리는 소리가 들렸다.

재희는 서둘러 쓰러져 있던 쪽으로 뒤돌아 걸었다. 동굴 안으로 누군가 들어오는 기척이 느껴지자마자 몸을 던졌다. 암석 바닥에 팔꿈치가 긁혔다. 쓰러져 있던 곳이 여기와 가까웠는지도 판단이 서질 않았다. 재희는 팔을 뻗어 돌멩이 하나를 손에 쥐었다.

암석 바닥을 밟는 소리가 가까워졌다. 어떤 언어인지 대화는 목청에서 억지로 쥐어짜는 소리처럼 들렸다. 벽면에 불그스름한 불빛이 비쳤다. 준희의 속삭임을 떠올렸다. 이제 가야 해, 언니.

재희는 벌떡 일어나 눈앞에 보이는 괴물의 면상을 돌멩이로 힘껏 내리쳤다. 피부가 뱀의 비늘로 뒤덮인 모양새의 괴물은 비명을 지르며 손에 든 횃불을 휘둘렀다. 촛농처럼 피부가 녹아내린 듯한 동료는 뒷걸음질 치다 날아오는 횃불에 가슴팍을 맞았다. 재희는 동굴 입구를 향해 뛰었다. 발목의 통증 따위는 무시했다.

등 뒤로 괴물들의 고함이 메아리쳤다.

동굴 바깥으로 나가자 절벽이 기다렸다. 건물 3, 4층 높이였다. 재희는 과연 여기서 뛰어내리면 무사할지 고민했다. 절벽 아래는 자갈투성이였다. 곧 이 고민이 멍청한 것임을 깨달았다.

언덕 위로 가파른 오르막이 굽이쳤다. 재희는 이를 악물고 절뚝거리며 길을 올랐다. 동굴 깊숙이에서 괴물들이 소리치며 달려오고 있었다. 언덕을 오르자 숲이 펼쳐졌다. 재희는 망설임 없이 나무들 사이로 뛰어들었다. 하늘에서 노을이 지고 있었다.

얼마나 달렸을까. 오른 발목 통증 때문에 재희는 나무에 기댔다. 등 뒤로 아무것도, 어떠한 기척도 들리지 않았다. 발바닥에 가시가 박혀 따끔거렸다. 여전히 그들이 뒤따라오는 것만 같아 불길했다. 완전히 해가 지기 전에 이 숲을 벗어나고 싶었다. 재희는 왼 다리에 최대한 중심을 실어 수풀을 헤쳐나갔다. 피곤했다. 그저 피곤하기만 했다. 무언가라도 나타나주기를 바랐다.

재희가 담벼락에 부딪힌 건 눈을 감고 졸며 비틀대고 있을 때였다. 처음에는 눈이 멀어버린 건가 싶었다. 숲 속에 난데없는 검은 장벽이 시야를 가로막았으니. 손을 뻗자 콘크리트 질감의 벽돌이 만져졌다. 벽은 마치 성의 외곽처럼 육중하게 하늘로 치솟았다. 재희는 벽면을 손으로 짚어가며 입구를 찾았다. 한참을 가도 문으로 보이는 것 따위는 없었다. 반대편으로 돌아가야 하나 불안했다.

애써 고개를 드는데, 한순간 호흡이 멎었다.

나무들 사이에 우성이 서 있었다.

줄곧 보던 모습이 아니었다. 길게 내려오는 푸른 옷자락을 걸친, 피부에 핏기가 전혀 없는 여자의 몸을 가진, 꿈속의 모습이었다. 재희는 그 형체가 먼저 말을 꺼내길 바랐다. 저게 헛것인지 아닌지 분간할 정신이 아니었다.

우성은 천천히 돌아서며 재희가 걸어가던 방향으로 등을 돌렸다. 어쩐지 따라오라고 하는 것만 같았다. 재희는 홀린 듯 쓰라림이 느껴지는 발을 옮겼다. 우성에게 가까워지려고 할수록 멀어지는 것 같았다. 숲속 어디선가 누군가 그를 쫓는 재희를 비웃는 듯한 웃음이 들려왔다. 재희는 사방을 둘러봤다. 잔가지 뻗은 나무들

만 보일 뿐이었다.

재희는 우뚝 멈춰섰다. 검은 머리카락을 길게 늘어트린 뒷모습의 우성이 벽 한가운데로 들어갔다. 단단한 벽면을 통과해 사라진 것이다.

재희는 그 지점을 향해 뛰었다.

커다란 철제 대문이 있었다. 재희는 문을 미친 듯이 두드렸다. 살려달라고, 도와달라고 외쳤다. 잠시 후 철제문이 육중한 소리와 함께 열렸다. 누군가 얼굴을 내밀었다. 흰 머리카락을 늘어트린, 안경 쓴 남자가 등불이 새어나오는 램프를 들고 있었다.

김준연 교수였다.

김준연 교수는 안쪽을 향해 누군가를 불렀다. 한 남자가 뛰어와 재희의 몸을 담요로 감쌌다. 포근함에 하마터면 다리 힘이 풀릴 뻔했다. 발목과 무릎이 올가미로 조여오듯 뻐근했다. 재희는 고개를 간신히 들어 여기가 어떤 곳인지 훑었다.

뾰족한 첨탑과 회칠로 마감된 벽, 중세 유럽에서 지어진 성당처럼 생긴 저택이 눈앞에 있었다. 금방이라도 까마귀들이 모여들 만한 거대하고 텅 빈 성을 연상케 했다. 이렇게 튼튼하게 지어진 곳이라면 안전할 것 같았다. 피곤했고, 무언가를 판단할 생각조차 들지 않았다. 얼른 저택 안에 들어가 쉬고 싶었다.

"바깥에 이상한 사람들이 있어요. 괴물이……."

말이 나오다 말고 목이 메었다. 현관문에서 흰 제복을 입은 사람들이 들것을 들고나왔다. 우성은 교수가 유일한 이웃이라고 했다. 이 사람들은 누굴까? 따질 겨를은 없었다. 그들이 조용한 목소리로 달래며 들것에 재희를 앉히려 했다. 피로가 재희의 정신을 녹였다.

어디선가 자동차 경보음이 울렸다. 누군가 자꾸 깨어나라고, 일어나라고 외쳤다. 정신을 차린 재희는 세상이 뒤집혀 있다고 생각했다. 아니었다. 자신이 거꾸로 뒤집힌 자동차 좌석에 앉아 있는 것이었다.

보닛에서 연기가 새어나왔다. 앞 유리창은 박살나 도로에 흐트러져 있었다. 경보음이 정신없이 울려퍼지고 있었다. 바로 옆에서 언니, 하고 신음처럼 힘겹게 부르는 소리가 들렸다. 준희가 머리에 피를 흘리며 조수석에 거꾸로 붙박인 채였다.

준희 쪽 차 문은 어그러져서 문의 형태라고는 남지 않았다. 재희는 어떻게 된 일인지 떠올렸다.

둘은 고급 레스토랑에 들렀다가 돌아오는 길이었다.

준희가 대학을 졸업한 기념이었다. 부모님은 언제나 그렇듯 아무것도 해주는 게 없었고, 재희는 본인이라도 챙겨줘야겠다는 심정이었던 것이다. 둘은 자주 다투기도 했지만 동시에 무엇이든 축하해주는 사이였다. 식당에서 귀가하던 중 산으로 지름길이 난 도로로 들어섰고, 헤드라이트를 켜지 않은 채 달려오던 파란 트럭과 그대로 충돌했다.

충돌 직전 재희와 준희는 다투고 있었다. 무엇 때문에? 이렇게 되기까지 원하지 않았던, 시답잖은 것 때문이었다. 나름대로 고민을 거듭해서 예약한 식당이었는데 준희는 레스토랑의 요리가 입에 맞지 않는다고, 차라리 집 앞에서 먹는 떡볶이가 나았겠다고 투덜거렸다. 금방 준희가 말실수였다고 사과했지만, 재희는 어떻게 그딴 소릴 할 수 있냐며 평소 말투까지 일일이 열거하며 마음에 들지 않는 점을 지적하기 시작했다. 준희는 그 말에 반박하며 분통을 터트렸고…… 그렇게 싸우느라 전방을 제대로 주시하지 못했다.

별것도 아닌 일인데, 내가 그냥 참았더라면. 재희는 후회했다.

준희 쪽 차 문은 열리지 않았다. 준희는 먼저 가라고, 어떻게든 언니 먼저 빠져나가라고 했다. 얼른 나를 구하러 오면 된다고, 괜찮다고 했다. 재희는 완강히 거부하다가, 이내 수긍했다. 도움을 요청해야겠다는 마음이 앞섰다.

어떻게 차에서 빠져나왔는지 모른다. 휴대폰은 박살 나서 먹통이었고, 한참 도로를 걸어서야 대로변에 도착했다. 처음 본 사람에게 신고해달라고 했고, 그대로 응급실로 실려갔다.

그리고 병실에서 준희가 세상을 떠났다는 소식을 들었다.

깨어나라고, 어서 일어나서 나가라고, 자신은 괜찮다고 말하는 준희의 목소리. 그 목소리는 항상 귓가에서 맴돌았다.

지금도 누군가 괜찮다고 중얼거리고 있었다. 재희는 누워 있었다. 편한 침대는 아니었다. 딱딱한 철제 바닥이 등판을 압박했다. 재희는 자신이 아까부터 계속 바깥의 괴물에 대해 토로하고 있음을 깨달았다. 그런데…… 괜찮다고? 괴물과 김 교수가 전에 마주해본 적 있다는 뜻인가? 그들에 대해 안다는 것일까?

김 교수는 방 한복판에 누워 있는 재희를 수술대 앞에 선 의사처럼 내려다보고 있었다. 그 옆에는 재희에게 담요를 갖다줬던 남자가 보였다. 보아하니 나마란타 제도의 어부들처럼 현지인으로 보였다.

방 안이 온통 어두컴컴했다. 촛불이 재희의 침대 주위로 군데군데 수놓아졌다.

"그 괴물들은 여기 들어오지 못하네."

김 교수가 재희의 머리를 쓸었다. 재희는 팔다리를 움직여보려 했지만 무언가에 묶여 있었다. 고개를 들어보니 두 팔이 쇰쇠에 속박된 상태였다.

목조상 두 개가 재희의 침대를 중심으로 서로를 마주했다. 날개 달린 사람과 고개를 푹 수그리고 혀를 내밀어 뭔가를 노리는 반대편의 사람이 마주 노려보는 형태였다.

"완벽한 조건을 찾아냈어. 자네가 나마란타 제도에 걸어들어온 덕분에."

김 교수는 미소를 지은 채, 혀를 내민 목조상을 가리켰다.

"날개 달린 누시신에게는 형제가 있지. 반인반신 주제에 신의 권능을 받은 누시를 형제는 질투해 누시신의 권능이 이루어지지 못하도록 장난질 치지. 그래서 영혼을 담는 완벽한 조건을 이행하지 않는다면 끔찍한 결과가 나와. 그 괴물들. 그 괴물들도 그렇게 탄생한 거야. 시행착오들의 흔적들이지."

교수는 침대 옆에 놓인 선반에서 수술용 손전등을 들고 재희의 눈과 구강을 살폈다.

"의식을 옮길 소중한 그릇이 이상이 없는지 확인하는 거요."

재희는 침을 꿀꺽 삼키고 가까스로 물었다.

"이게 무슨 소리죠?"

김 교수는 어깨를 으쓱였다.

"우성한테서 들은 게 없나 보지?"

우성은 교수가 이럴 거라는 사실을 알고 있었던 건가. 순간 두려움이 차올랐다. 그런데 우성은 어떻게 되었을까.

"보트가, 보트가 뒤집혀서 바다에, 바다에 빠졌어요……. 저 혼자 거기서 살아나온 거 같……."

김 교수의 표정이 순식간에 일그러졌다. 김 교수는 재희의 머리를 붙잡았다.

"언제? 어디서 그랬지?"

어제, 혹은 며칠 전에 벌어진 일일지도 몰랐다. 지금이 몇 시인지도 몰랐다. 망망대해 한가운데에서 우성은 살아 나왔을까? 재희는 대답하지 못했다.

교수가 숨을 거칠게 몰아쉬었다. 그는 현지인 남자, 조수에게 잘 감시하라고 당부하면서 철제문을 열고 급히 나갔다.

조수는 교수의 발소리가 멀어지는 걸 잠자코 들었다. 발소리가 마침내 완전히 들려오지 않자 조수는 선반을 뒤졌다. 재희는 왠지 그가 수술 도구를 준비하는 것만 같았다. 날카로운 메스가 머리를 꿰뚫는 끔찍한 장면이 떠올랐다. 의식을 옮긴다느니 하지 않았던가.

조수가 은빛 물건을 손에 쥐고 재희의 몸 위로 허리를 숙였다. 재희는 몸부림쳤지만, 팔다리가 묶인 상태에서는 할 수 있는 일이 없었다. 조수의 손이 재희의 왼쪽 손목에 닿자 재희는 심호흡했다.

손이 자유로워졌다. 재희는 뻐근했던 팔을 내릴 수 있었다. 조수는 열쇠로 쥠쇠를 모두 풀었다. 재희는 놀란 표정으로 몸을 일으키곤 조수가 뒤적인 선반을 보았다. 날카로운 드릴 피스처럼 생긴 작은 검은 칼과 소지품들이 보였다. 물건을 챙기는 재희에게 조수는 조용히 하라는 듯 검지를 입술에 갖다 댔다. 이어서 따라오라는 손짓을 했다. 무슨 일일까. 검은 칼의 칼자루에는 도마뱀 두 마리가 기어다니는 조각이 새겨져 있었다. 재희는 칼을 바지 주머니에 숨긴 뒤 그를 따랐다. 지금으로서는 풀어준 사람을 믿을 수밖에 없었다.

복도는 대체로 어두웠다. 램프 등잔이 벽면에서 조명

을 늘어트렸다. 동물을 조합해놓은 기괴한 목조상이 군데군데 자리를 지켰다. 김 교수의 고상한 취향일까. 재희는 조수에게 그들이 하려던 짓이 뭔지 묻고 싶었지만, 외국인이라는 점 때문에 아무 말도 못 건넸다.

조수는 모퉁이 부근에서 멈춰섰다. 사람들이 떠드는 소리가 들렸다. 조수가 입을 열었다.

"반대편으로 도망가요. 숨을 수 있는 곳에 무조건 숨고. 이제부터 저는 연기를 할 거니까."

한국말을 할 줄 알아? 물어볼 틈도 없이 조수는 본인의 머리통을 벽에 후려치더니, 쓰러지면서 비명을 질렀다. 모퉁이 저편의 동료들에게 외국어로 소리쳤다. 동료들이 그에게 다가오는 소리가 들렸다. 재희는 뒤돌아 달아났다.

재희는 계단으로 내려갈 수 있는 곳이면 내려갔고, 사람들이 지나가면 목조상 뒤에 숨기로 했다. 다행히 이인조 한 무리만 지나갔을 뿐이었다.

저택에 대한 호기심이 증폭되었지만 나가는 길을 찾는 게 먼저였다. 마침내 재희는 계단으로 이어지는 좁은 통로에서 철제문을 발견했다. 이 저택에 들어오면서 봤던 근사한 입구와는 달랐다. 하지만 뒷문인지 뭔지 어떻게 알겠는가.

재희가 문손잡이를 당기려 할 때, 갑작스러운 두려움이 치솟았다. 그래서 이 문을 나서면 어떻게 하는데? 그 장엄한 성벽을 어떻게 빠져나가지? 바깥을 배회하는 괴물들과 마주치면? 재희는 계단 벽에 등을 기댔다. 목걸이를 매만졌다. 새삼 무기력하게 느껴졌다. 이루 말할 수 없는 복받침에 흐느낌이 새어나왔다.

철제문 틈에서 이상한 소리가 들렸다. 누군가 중얼거리는, 억지로 쥐어짜낸 듯한 목소리. 재희를 동굴로 끌고 간 괴물에게 들었던 목소리.

문 상단에 미닫이가 작게 나 있었다. 재희는 떨리는 손으로 미닫이를 열었다. 쇠창살 너머로 오물 냄새가 코를 찔러왔다. 초록빛 램프 아래 벽에 줄지어 선 사람의 형상이 보였다. 모두 족쇄로 속박된 상태였다.

그들은 뿌라뚜 항구와 나마란타 제도에서 봤던 현지인처럼 보였다. 그들의 부르짖음은 김준연 교수의 조수나 어부의 언어와는 달랐다. 그렇다면 원주민일까? 김 교수가 '괴물'로 만들었다느니 했던 말이 떠올랐다. 재희는 김준연 교수가 무슨 짓을 벌이려는지 상상하기가 싫었다. 재희는 소리 지르고 싶었다. 이 지긋지긋한 섬에서 나가게 해달라고.

재희의 등 뒤에서 손을 불쑥 튀어나와, 거칠게 입을 틀어막았다.

"조용히."

익숙한, 너무도 반가운 음성이었다. 우성은 재희를 붙잡았던 팔을 풀어줬다. 재희는 우성을 보자 안고 싶은 마음마저 들었다.

"김 교수라는 사람, 미친 사람이야. 그러니까……."

"그래, 나도 방금 겨우 빠져나왔어."

우성은 계단 위쪽의 이편저편을 살피며 말했다.

"우선 나갈 곳을 찾자. 재희야. 더는 이곳에 못 있겠어."

우성에게 무슨 일이 벌어진 지는 몰랐다. 힘없는 말투로 보아서는 재희와 마찬가지로 짧은 시간에 많은 일을 겪은 듯했다. 재희는 우성을 따라 계단을 오르려 했다.

그러나 고개를 들자, 꿈속에서 보던 그 여자가 계단 끝에 나타났다. 우성 앞에 우성의 얼굴을 한 여자가 있었다. 우성은 그 모습이 안 보이는지 아무 말도 없었다. 시체처럼 핏기없는 얼굴이 재희를 향해 서서히 고개를 흔들었다.

김 교수는 우성이 아무런 얘기도 안 해줬냐고 했었다. 우성이 행방불명됐다고 하자 대번에 변하던 표정과 우성을 찾아 황급히 나서던 김 교수의 모습이 머릿속으로 파고들었다.

"……넌 나를 재희라고 부른 적 없어."

재희가 말했다.

"대학 때 다른 말로 불렀잖아."

우성이 어서 그 단어를 말했으면 했다. 옛날부터 나를 불러왔던 별명, 칠칠이라고…….

"이런 상황에서 무슨 소리야."

우성이 뒤를 돌았다.

"예전 일 가지고."

그가 미소를 지으면서 계단을 내려왔다. 우성은 웃기면 웃겼지, 저렇게 다정하게, 혹은 가식적인 웃음을 내보인 적이 없었다. 심각한 상황에는 진지한 표정만 연신 지었을 것이다.

"날 뭐라고 불렀었는지나 빨리 말해."

재희는 바지 주머니에 손을 넣었다. 손끝에 날카로운 촉감이 닿았다. 대학 시절과는 상반된 행동을 하던 우성의 모습들이 한꺼번에 머릿속으로 밀려들어왔다. 재희는 뒷걸음질 쳤다.

"답답하게 왜 이래! 가자니까!"

우성이 손을 뻗자, 재희는 칼을 꺼내 우성의 팔을 내리찍었다. 우성은 비명과 함께 계단을 나뒹굴며 피 묻은 팔을 움켜쥐었다.

재희는 칼을 챙겨 계단을 뛰어올랐다.

저택 창밖으로 바닷가와 먹구름 낀 하늘이 보였다. 정원에서는 흰 제복을 입은 자들이 분주히 돌아다녔다. 사형 집행장처럼 생긴 넓은 제단 위에 눈가리개를 한 발가벗겨진 남자들이 쇠고랑을 차고 무릎 꿇은 채였다. 흰 제복의 사람들은 제단 아래며 정원 화단을 샅샅이 뒤지고 있었다. 누군가를 찾는 모양새였다.

재희는 어디로 가야 할지 몰랐다. 그저 몸이 이끄는 방향으로 나아갈 뿐이었다. 여성의 모습을 한 우성이 간혹 나타나 복도 중간중간 환영처럼 서 있었다. 그 형체가 정해준 방향으로 달려가면, 지나온 자리에 흰 제복을 입은 사내들이 분주히 돌아다녔다. 재희는 이미 그곳을 지나 모퉁이나 계단을 오른 뒤였다. 마침내 재희는 건물 꼭대기에 있는, 날개 문양이 새겨진 문 앞에 닿았다.

문을 열어젖히자 목재로 된 넓은 책상과 가죽으로 감싸인 고급 의자가 나타났다. 책으로 채워진 서가들이 사방을 둘러쌌다. 재희가 모르는 언어로 쓰인 책들이었다. 서가 사이에 장승처럼 커다란 석상이 재희를 내려다봤다. 재희가 빠져나왔던 방에서도 봤던, 누시와 그의 형제 석상이었다. 크기가 훨씬 커서 기괴함도 두 배로 다가왔다.

서가와 책상에 검은 머리를 길게 늘어트린 여성의 사진이 열 개는 넘게 놓여 있었다. 동그란 눈이 가장 먼저 시선을 끌었다. 재희는 액자를 하나하나 들여다보다가 김 교수와 여자가 나란히 서서 찍은 사진을 몇 개 발견했다.

급히 책상 서랍을 뒤졌다. 이 저택의 안내도라도 나오면 좋겠다고 속으로 빌었다. 외국어로 된 서류들이 널려 있었다. 김 교수는 서류 정리를 하지 않는 성격인가 보았다. 종이 더미 사이에서 검은 노트 하나가 잡혔다. 섬의 지도라도 있기를 빌었다.

표지를 넘기자 빈 페이지만 계속되었다. 페이지를 한꺼번에 넘겨 중간을 열었다. 벌거벗은 남자들이 담긴 사진이 스크랩되어 있었다. '나마란타 제도의 원주민들'이라고 표기된 글자가 보였다. 한 페이지 한 페이지 넘기면서 재희는 이 노트가 날짜에 따른 원주민들의 변화를 관찰해둔 문서라는 걸 깨달았다. 알 수 없는 실험으로 인한 상태 변화가 기록되어 있었다. 멀쩡했던 사람들의 신체가 점차 변이되더니, 마지막 사진에서는 괴물

모습으로 남아 있었다.

재희는 다시 노트를 뒤적여 첫 기록으로 돌아갔다. 가슴이 두근거렸다. 프로젝트를 설명하는 핵심 문장이 쓰여 있었다.

나마란타 공화국에서 협조하여 허가 받은 프로젝트……마히누시 부족의 주술이 가진 실효성을 검증……나마란타 공화국 사형수들의 영혼을 마히누시 섬 원주민들의 신체에 담는 테스트……

도중에는 날개 달린 표식 아래 뼈 무덤이 쌓여 있는 사진이 있었다.

마히누시 부족은 그들의 신 누시의 제단에 앞에 시체를 쌓아놓는 야만적인 관습이 있음……개별적으로 무덤을 만들어주는 게 아닌, 이미 세상을 떠난 동료와 함께하라는 의미……

재희는 다시 사진이 잔뜩 스크랩된 페이지로 넘어갔다. 사람들이 괴물로 변이된 사진 아래 문구가 보였다.

영혼이 결합되는 순간 신체적 변형이 발생함……원래 육체와 새로운 영혼끼리의 기억이 아무렇게나 조합되고 있다……

재희는 괴물의 정체가 무엇인지 비로소 깨달았다. 그들은 사형수와 영혼이 결합되어 신체를 빼앗긴 존재였다. 재희는 이곳을 빠져나가야만 했다. 그들을 만나서 같은 처지라고 말해줘야 했다. 당신들은 야만인이 아니라 이 저택의 주인이 야만인이라고, 그 사실을 세상에 알려야 했다. 하지만 오해만 생기지 않을까? 내가 횃불로 때려눕힌 상대는 어쩌고? 한 몸에 두 의식이 결합되면 결국 어떻게 되는 걸까? 그리고 뭘 어떻게 세상에 알려?

재희는 마지막 페이지에서 노트를 놓칠 뻔했다.

우성의 저택 사진이 실려 있었다. 그 아래에는 푸른 옷차림의 여자와 우성이 함께 찍은 사진이 보였다. 김 교수의 서가에 놓인 사진 속 여자였다. 한 줄 메모가 보였다.

누시신은 가까운 자를 잃은 이를 영혼의 제물로 삼는다. 내 딸의 애인을 이용하면 나의 딸을 살릴 수 있을 것이다.

꿈속의 우성이 자신을 여기로 이끌어왔다. 애초에 이

저택으로 인도한 것도 그 환영이었다. 내게 뭘 바라는 걸까. 재희는 그에게 이제 어떻게 해야 하냐고 묻고 싶었다.

복도에서 발소리가 들렸다. 재희는 허리를 수그려 책상 아래로 기었다. 바지 주머니 속 칼 손잡이를 꽉 쥐었다. 세 사람이 번갈아가며 언성을 높였다. 재희가 익히 들어본 목소리들이었다. 김 교수와 우성, 조수였다. 비명과 함께 한 사람이 바닥에 엎어지는 소리가 났다. 조수가 잘못했다고 사정했다.

"네놈이 그간 마히누시 부족 몇 명도 밖으로 빼돌렸다지."

김 교수가 말했다.

"가장 중요한 개체마저 풀어줘? 다음 실험 대상은 너야."

"쓸데없는 짓이에요. 아빠."

우성의 음성이었다.

"저희가 완벽하게 될 날이 코앞인데요. 그 아이만 잡으면……."

재희가 불쑥 책상에서 나와 검은 칼을 치켜들었다. 우성은 얼어붙었고 김 교수는 두 손을 들었다. 조수는 심하게 얻어맞아 얼굴에 멍투성이였다.

교수와 우성에게 별다른 흉기는 안 보였다. 재희는 후회했다. 제길, 숨어 있다가 기회를 틈타 도망갈걸. 하지만 둘에게 물어보고 싶은 게 많아 참을 수 없었다. 여차하면 이 칼을 들고 돌진할 생각이었다.

"왜 재가 당신한테 아빠라고 해?"

재희가 물었다. 짐작은 되었지만, 시간을 끌면서 기회를 엿볼 셈이었다.

"내 딸아이의 영혼이 섞여 있으니까."

교수가 대답했다.

재희는 침을 삼켰다. 예상한 바였지만, 직접 말로 들었지만, 믿을 수가 없었다.

"그럼 우……우성이는 어떻게 된 거죠?"

"저 어딘가에서 영혼만이 혼란스러운 모습으로 배회하고 있겠지."

재희는 푸른색 옷차림의 여자를 떠올렸다. 우성과 그의 애인이자 김 교수의 딸이 영혼으로 배합되어 섬을 배회하고 있는지도 모를 일이었다. 하지만 딸은 또 우성의 신체에 일부 존재한다고? 그러면 왜 그 영혼은 나를 여기까지 인도한 걸까. 모든 게 함정일까.

"왜 내가 필요하다는 거죠?"

재희는 침을 삼켰다.

“가장 가까운 시기에 혈연을 잃었기 때문이지.”

교수가 고개를 저었다.

“내가 처음에 해석을 잘못했어. 가장 가까운 사람을 잃은 사람이 아니라…… 혈연을 잃은 이가 제물의 조건이었어. 다시 불러올 대상보다 나이가 적은.”

재희는 분노가 이는 마음을 겨우 진정시켰다. 준희를 잃은 게 이런 식으로 이용될지는 전혀 몰랐다. 김 교수도 가족을 잃은 사람이면서 어떻게.

“어쨌든 실패네요.”

재희가 조수를 가리켰다.

“난 여기서 저 사람과 함께 나갈 거니까. 저리 비켜요.”

재희는 이 협박이 통했으면 좋겠다고 생각했다. 어찌 됐든 성인 남자 신체를 가진 두 사람을 상대하긴 어려운 일이다. 만약 거절한다면 죽기 살기로 칼을 휘두를 것이다.

“아니, 아니지. 그 칼.”

김 교수가 미소 지었다.

“뭐?”

“그 칼로 저 아이를 찔렀지?”

김 교수가 우성을 턱짓했다.

“칼에 자네와 저 아이의 피가 섞여 있어. 자네가 정신을 잃었을 때 이미 피를 발라놨지. 그 칼도 의식에 필요한 도구라고."

재희는 발바닥에 자국 난 작은 생채기들을 제외하고는 피를 줄줄 흘릴 정도의 상처를 입은 적이 없었다. 김 교수가 엄지손가락으로 무언가를 누르는 손짓을 했다.

"주사기로 피를 뽑는 게 깔끔하지 않겠나."

"아빠, 역시 대단해요."

우성이 감탄하며 환히 웃었다.

"이미 절차는 다 마쳤어. 그 칼에 두 사람의 피를 섞는 게 마지막 차례였지. 자, 주문 몇 마디면 자네의 육체는 자네 것이 아니게 된다네."

김 교수의 입술이 움직였다. 무슨 행동을 취할 새도 없이 어디서도 들어보지 못한 언어가 그의 입에서 튀어나왔다. 낮고 거친 음색이 불길함을 가중시켰다.

재희는 다급히 칼자루를 고쳐쥐고는 칼날을 앞세워 달려들었다. 저 주문을 외면 전부 끝장이라는 직감이 들었다.

"고맙네."

주문을 마친 김 교수가 말했다.

재희는 달려가던 그대로 고꾸라졌다.

재희는 어둠 속으로 떨어져내렸다. 끝없는 어둠의 골짜기로 추락하는 것 같았다. 이미 난 끝난 걸까.

의식 한 편이 밝아지더니, 기억이 재희를 인생의 한 지점으로 데려갔다. 눈앞에 준희가 웃고 있었다. 또 다시 과거의 기억 속이구나. 준희는 이제 볼 수 없잖아.

재희는 준희가 쥐여준 물건을 만지고 있었다. 목걸이 끝에 플라스틱이 들어 있는데, 대학 친구들과 동남아에서 사온 기념품이라고 했다. 준희는 베트남에서 유명한 도사의 집에서 사왔다며, 가까운 이들의 안녕을 지켜달라고 부적에 빌어 축복의 기운을 집어넣었다고 했다.

"그뿐 아니야. 이 부적은 보고 싶은 사람끼리 연결해주기도 한대."

준희가 장난기 많은 표정으로 말했다.

"참나. 그딴 걸 누가 믿어."

재희는 코웃음 쳤다.

"글쎄, 언니 곁에 아무도 없을 때 부적에 대고 말해봐."

준희는 환한 미소를 지었다.

"그럼 내가 잘 알아듣고 도와줄게."

손 안의 부적을 꼭 쥐었다.

재희의 시야가 밝아졌다.

방 안은 혼돈 그 자체였다. 짐승이 포효하는 소리가 청각을 어지럽혔다. 목걸이의 플라스틱 파편이 산산이 조각나 바닥에 흩어진 채였다.

재희는 손으로 바닥을 짚고 일어났다. 조수가 눈물을 흘리며 허공에 대고 기도를 외는 중이었다. 마바시, 마바시. 김 교수는 신음을 내며 재희의 목줄을 가리켰다.

"그게……."

재희는 도통 무슨 일이 일어난 건지 알지 못했다. 단지 믿기 힘든 광경이 펼쳐졌다.

우성의 신체가 뒤틀린 채, 허공에 떠 있었다. 누시의 형제라 불린 신의 석상이 안광을 발했다. 우성의 가슴팍 아래 몸체에서 검은 구멍이 생기더니, 점점 커져갔다. 마치 몸에서부터 다른 차원을 향하는 입구가 생겨나는 것 같았다.

그리고 재희는 보았다.

저편에서 이쪽으로 넘어오려는 불가사의한 존재를 보았다. 벌레의 더듬이가 수북하게 돋아난 것 같은 역겨운 피부가 꿈틀거리고 있었다. 더듬이라고 생각했던 것은 수천 개의 혀였다. 그리고 그를 둘러싼 어두운 통로는 마치 목구멍 같았다. 재희는 거대한 존재의 목구멍을 직시하고 있었다. 그 속에서 수많은 형상의 얼굴이 떠올랐다. 우성과 그의 애인도 나타났다가 사라졌다. 우성의 입이 벌어지더니 도마뱀처럼 긴 혀를 낼름거리기 시작했다. 그의 목에서 아버지, 아버지, 살려주세요, 하는 탄식이 흘러나왔다.

"저건, 인간이…… 교수님 딸의 영혼이 아니에요."

조수가 떨리는 목소리로 외쳤다.

"누시의 형제 마바시…… 그 일부가 저 남자의 몸에 내려온 거야!"

"아니! 나는 신을 이 땅에 소환했어!"

교수는 웃음을 터트렸다.

"나는 실패하지 않았어!"

그 웃음은 이내 꺼억꺼억대는 절망의 외침으로 바뀌었다. 불가사의한 공간에서 가장 두꺼운 혀 하나가 튀어나왔다. 그 혀는 미친 듯이 웃어대는 교수를 휘감더니 거칠게 낚아채 검은 통로로 끌고갔다. 아득해지는 비명과 함께 교수가 미지의 공간으로 사라지자, 통로가 모든 걸 빨아들이기라도 하는 것처럼 거센 바람이 휘몰아쳤다. 우성의 머리와 팔다리가 그 안으로 구겨넣어졌다.

재희는 서가를 붙잡았다. 바람이 온몸을 채찍질했다. 눈을 뜰 수 없었다. 악령에 빙의된 세상 사람들의 모습이 머릿속으로 빠르게 스쳐 지나갔다. 사람의 육체에 빙의해 사람의 정신까지 먹어치우고, 그로 인한 불행의 기운까지 흡수하려던 실체. 비극을 노리며 빙의한 악령들은 마바시의 아주 작은 일부였으며 마바시 역시 거대한 무언가의 한 일부였다. 그 모든 게 본능적으로 느껴졌다. 수많은 이미지 끝에서, 우성과 푸른색 옷차림의 여인이 재희에게 손을 흔들었다.

바람이 멈췄다. 우성과 교수는 보이지 않았다.

정원의 제단은 폭삭 내려앉아 거인이 커다란 망치로 뭉갠 것처럼 붕괴되어 있었다. 폭풍이 제단 지지대와 바닥을 뭉그러트린 것처럼 보였다. 흰 제복을 입은 자들은 무너진 제단을 향해 울먹거리기도, 어찌 된 영문인지 모르고 서 있기도, 부르짖으며 도망치기도 했다. 원주민들 또한 눈가리개를 풀고 있었다. 조수가 달려가 고함지르며 원주민들을 대문으로, 저택 바깥으로 인도했다.

재희는 대문 쪽으로 절뚝이며 나서다, 파도치는 해변으로 고개를 돌렸다. 수평선 너머에서부터 날이 밝아왔다. 바다가 밝은 햇빛으로 물들었다. 깨진 파편과 함께 구겨진 부적이 재희의 손에 쥐어져 있었다.

작가의 말

시장에 들러 과일을 사 가던 중, 갑자기 봉투가 터져 길바닥에 과일들이 굴러떨어진 적이 있습니다. 바로 뒤에 서 있던 아저씨는 혀를 차면서 가던 길을 가고, 제 또래로 보이는 커플은 절 가리키며 웃기까지 하더라고요. 느닷없이 봉투에서 과일들이 와르르 쏟아지는 모습이 웃기긴 웃겼을 겁니다. 제가 속으로 욕을 중얼거리면서 크로스백에 과일을 담는데, 유일하게 같이 주워주신 분은 인근 공장에서 일하시던 외국인 노동자였습니다.

집으로 가는데 여러 생각이 들었습니다. 외국인 노동자를 한국의 진정한 시민과는 다르다고 낙인찍는 흔한 시선들이 떠올랐고, 불법체류자는 무조건 몰아내야 한다는 사람들, 저개발국가 사람을 우리보다 비문명적이라고 보는 편견 등. 절 한 번 도와줬다고 그 사람이 도덕적이라고 단정하려거나 그 분이 불법체류자라고 의심하려는 건 아닙니다. 분명한 건 거기서 저를 도와준 사람은 그분밖에 없었다는 겁니다. 다소 거창하게 말하자면 자기 시간을 아껴 시민의 덕성을 발휘해준 분은 그분뿐이었죠. 외국인 노동자를 우리와 같은 시민으로 인정하지 못하는 세간의 편견과는 다르게 말입니다. 물론 절

안 도와준 다른 행인들을 비난하지는 않습니다. 저마다의 사정이 있을 테니까요.

역사를 살펴봐도 어떤 대상을 문명인과 비문명인으로 다루는 시각에는 복잡성이 더해져야 한다는 걸 알게 됩니다. 진짜 비문명적인 일이 있다면 잘 먹고 잘 살아가는 사람들을 맘대로 침략해 각종 문명이란 이름으로 자행하는 폭력이 아닐까요. 하지만 현실의 시선은 그 반대가 팽배한 것 같습니다.

오 분의 세계

구현

장편소설 『대학로 좀비 습격사건』과 『에이전트 오렌지』를 썼고, 『빙애』를 공저했다. 출판 편집자로 일하고 있다.

1

병원 측으로부터 '뉴로메타'에 관한 이야기를 들었을 때, 그것이 노년에 깃든 행운인지 불행인지 알 길이 없었다. 어느 쪽이든 그 제안을 거부하기란 쉽지 않았다. 나는 꽤 절박한 상황에 몰려 있었기 때문이다. 췌장암 말기. 살날은 길어야 한 달이 채 남지 않았을 것이다. 사실 당장 내일 숨이 멎더라도 그리 놀랄 만한 일은 아니었다. 딱히 애석할 것도 없었다. 올해로 여든아홉이다. 백세시대 운운해도 아직은 백수를 채우는 사람이 그리 많지 않았고, 구십 년이면 어디 가서 억울하다 할 만한 세월은 아닐 테니까.

눈앞까지 다가온 죽음이야 받아들일 준비가 다 끝났는데, 뒷수습을 해줄 사람이 마땅하지 않다는 게 계속 맘에 걸렸다. 전처와는 이혼한 지 오십 년이 넘어 지금에 와서는 생사조차 알지 못했다. 결혼 생활은 군 복무 기간보다 짧았고, 우리 사이엔 아이가 없었다. 다시 결혼할 마음 같은 건 먹어본 적도 없었다. 결혼 생활은 서로에게 환멸만 남겼다. 들어둔 보험과 모아둔 돈이 조금 있긴 했지만, 병원비나 장례비를 제하고 나면 보잘

것없는 수준이었다. 살날이 얼마 안 남았으니, 그나마 갚지 못한 빚이라든가 정산하지 못한 병원비 같은 걸 남겨둘 것 같진 않았지만. 죽은 이후에야 아무려면 어때, 라고 생각하려 해도 차갑게 식은 몸이 영안실에 기약 없이 방치되어 있을 걸 생각하면 아무래도 속이 편치 않았다. 사이가 소원해진 이종조카가 가장 가까운 유족일 텐데, 살아서도 데면데면했는데 죽는 마당에 폐를 끼치고 싶진 않았다. 그나마 화장 따위의 뒷수습 절차를 마다하지 않을 정도의 보상을 남겨줄 수 있다면 마음이 한결 가벼울 터였다.

"다시 한번 말씀드리지만, 이건 어디까지나 프로토타입입니다. 꽤 자신하고 있긴 하지만요. 어쨌든 어르신의 선택에 달린 문제입니다."

자신을 매니저라고 소개한 감색 정장 차림의 사내는 꼬박꼬박 나를 어르신이라 부르며 사근사근하게 굴었다.

"어르신께서 결단해주시면, 저희가 본격적인 세팅에 들어가겠습니다."

"안 될 게 뭐겠소. 어차피 곧 죽을 목숨인데, 고작 오 분 정도야."

딱 오 분이었다. 오 분만 뉴로메타라 불리는 장비를 머리에 뒤집어쓰고 있으면 그만이었다. 나로서는 아무리 설명을 들어도 이해하기 어려운 프로세스에 따라 장치의 전극이 뇌 신경에 접속하고, 그러면 나는 그들이—네오웨이브라는 이름의 회사였다—정교하게 시뮬레이션했다고 자부하는 가상세계에 들어가게 되는 것이었다. 딱 오 분 동안. 그 대가로 병원비를 모두 청산하는 건 물론, 이종조카 녀석이 뒷수습을 위해 하루이틀 시간 내는 걸 기꺼이 감당할 정도의 금액을 손에 쥘 수 있었다.

하지만 보상이 크다는 것은 위험도 크다는 의미였다. 내가 피실험자로 선택된 이유는 분명했다. 곧 죽어도 이상할 게 없는 데다, 경제 사정이 넉넉지 않고 변변한 보호자조차 없다. 실험으로 내 머리가 어떻게 되더라도 크게 문제 되지 않을 것이다. 업체와 병원 측에서는 그런 계산이 섰을 것이다. 그건 내 쪽에서도 마찬가지였다. 나는 곧 죽는다. 그것만은 확실한 사실이다. 당장 오 분 뒤는 아니라 해도 그 순간이 십 분이 될지, 한 시간이 될지, 일주일이 될지 알 수 없었다. 어쩌면 한 달이 될 수도 있겠지만, 석 달이나 일 년이 되지는 않을 것이다. 오히려 죽음까지의 시간이 길어지면 길어지는 대로 골치였다. 그러니 고작 오 분, 그리고 혹시 모를 부작용으로 겪게 될 며칠의 고통쯤이야 아무것도 아니었다. 이미 암이 세

포 하나 단위까지 나를 쥐어짜고 있었으니까.

"그럼 동의하신 걸로 알고 여기 서명 부탁드립니다."

매니저가 내민 서류를 나는 늙고 병들어 흐릿해진 눈으로 훑었다. 깨알 같은 글씨들이 잔뜩 적혀 있었다. 젊어서도 보험 약관이라든가 수술 동의서 따위를 꼼꼼하게 읽은 적이 없었는데, 다 죽게 된 마당에 그런 수고를 들일 의지가 있을 리 없었다. 최악의 경우라 해도 길어야 한 달 정도의 삶을 잃는 셈인데, 그게 그렇게 원통할 것 같지는 않았다. 솔직히 이제는 사는 일에도 물려버렸다. 나는 서류를 간단히 훑는 시늉만 한 다음, 아마도 비밀 유지 조항과 업체의 면책 특권이 담겨 있을 임상 동의서에 서명했다. 아직 팔을 움직일 힘이 남아 있는 것이 다행이었다.

"그럼 이틀 뒤에 실험을 진행하도록 하겠습니다."

"그때까지 살아있다면 말이지."

매니저는 그걸 시한부 환자 특유의 유머라고 여긴 것인지 살짝 미소를 지어보였다.

"어쨌거나 그곳에 가보시면 꽤 익숙하실 겁니다. 기술적으로는 빈틈이 없는 데다, 아직 시제품이긴 하지만 최고 수준의 연구자들이 상당히 공을 들였거든요. 저희는 이 장치가 인류의 미래를 바꿀 정도의 혁신을 보여

줄 거라고 믿고 있습니다."

"요는, 당신네들의 그 요상한 장비를 쓰고 오 분 동안 오십 년을 다시 살아본단 말이지?"

"이론적으로는요."

"이론적으로는, 이라……."

"현재 임상 단계이니까요. 하지만 오십 년이라는 실감만은 확실하실 겁니다. 우리 연구진이 그 부분에서는 자신하더군요. 그 세계의 리얼리티와 자생력에 특히 심혈을 기울였으니까요. 안에 들어가시면 이 병원이나 저희 회사의 초기 버전도 찾아보실 수 있을 겁니다."

"실제로는 그게 오 분이라는 걸 알면서 오십 년을 다시 살아본다는 거잖소. 게임처럼."

"사실, 다시 산다는 말에는 조금 어폐가 있습니다. 어르신께서 살아오신 삶을 복기하는 게 아니라, 완전히 새로운 인생을 경험하시게 될 테니까요."

"뜻대로만 된다면 그걸 마다할 사람이 어디 있겠소? 고작 오 분을 들여서 인생을 다시 살아볼 수 있다는데."

"그게 그렇게 간단하지 않은 것이, 예상치 못한 부작용은 차치하고서라도 윤리 문제나 심리적 저항이라는 문제가 남아 있고…… 무엇보다 피실험자가 겪게 될 그 오십 년에 대해서는 아무것도 보장할 수 없거든요. 거기서 마주하게 되실 삶의 조건은 완전히 무작위로 결정되는 것이라 실제로 무엇을 겪게 될지는 외부에서는 전혀 알 수 없습니다. 뇌파에서 일어나는 반응들은 기록되겠지만, 그 세계의 경험에 대해서는 나중에 어르신께서 들려주지 않는다면 저희로서는 알 길이 없죠. 이제 경험하실 세계는 자신만의 추동력을 가지고 흘러가도록 되어 있습니다. 물론 현실 세계의 논리에 기반을 둔 것이긴 하지만, 거기서 어떤 일이 벌어질지는 정말로 그 누구도 모릅니다. 그 점에서 이건 세계관이나 목적이 정해진 게임과는 다르죠. 하지만, 모든 게 애초에 다 설계된 대로라면 그건 또 재미없지 않겠습니까. 문제가 있다면…… 정말 최악의 경우, 어떤 조건이 주어지느냐 혹은 참가자가 어떤 선택을 하시느냐에 따라 지옥과 같은 세월을 보내시게 될 수도 있다는 거죠. 이론적으로는요."

나는 잠시 생각해보았다. 지옥과 같은 오십 년이라. 현실에서의 지난 여든아홉 해도 그다지 만족스럽지 않았다. 하지만 두 번째라면 좀 더 나은 선택을 할 수 있지 않을까. 딱히 두렵진 않았다. 어쨌든 이제부터 겪게 될 오십 년은 가상이고, 나는 그게 가짜라는 걸 아니까. 오십 년의 실감이니 뭐니 해도 실제로는 고작 오 분이 아닌가.

"그럼 나는 대체 누가 된다는 거요?"

"어르신은 물론 어르신 그대로죠. 물론 외양도 달라지고 직업도 달라지겠지만, 지금의 이성과 감성과 경험을 바탕으로 자유롭게 살아가시게 될 겁니다. 삼십 대 초반에서 시작해서 오십 년. 설정된 건 그 정도뿐입니다. 나머진 무작위적으로 주어진 세계와 어르신의 선택에 달려 있죠. 부디 행운이 따르시길 바랍니다."

2

눈을 떴다. 커다란 통유리창에서 빛이 새어 들어와 눈가를 어지럽혔다. 나는 몸을 일으켜 한강 일대를 향해 시야가 탁 트인 통창을 보았다가, 곧 방 안을 둘러보았다. 구조는 단출했지만 깨끗하고 고급스러운 공간이었다. 몸을 일으킨 침대에서는 은은하고 산뜻한 향이 났다. 실내는 청결했고 층고가 높아 쾌적했다. 모든 것이 처음 보는 것들이었지만, 놀랍게도 낯설지 않았다. 현실에서는 구경조차 해본 적 없는 고가의 타워팰리스가 내 것이란 걸 나는 실감하고 있었다. 지금 나는 이 모든 것이 완전히 낯설면서 동시에 놀랍도록 익숙했다. 몸을 일으켜 마호가니로 만들어진 옷장을 열고, 가운을 걸쳐 입은 후 화장실을 찾아가는 일련의 동작도 지극히 자연스러웠다. 매일 해오던 일처럼.

샤워를 하면서 나는 내 몸을 살펴보았다. 나이는 서른둘이었다. 계산하지 않아도 알고 있었다. 몸은 아주 튼튼했다. 다듬어진 근육질은 아니었지만, 군살이 없고 날렵했다. 젊음이 느껴졌다. 관리가 잘된 몸이었다. 실제 나의 삼십 대는 그렇지 않았다. 이혼, 사업의 실패, 배신과 나락이 연이어 찾아와 삶이 피폐했다. 어느 순간부터 패배감을 씻어내려고 술을 과하게 마셨고, 그때 이후 알코올중독의 아슬아슬한 경계에서 늘 헤맸다. 구십은커녕 마흔도 넘길 수 없을 줄 알았는데, 매번 순간순간을 힘겹게 건너다 보니 그리 늙어 있었다.

매니저의 기원이 통했나 보다. 나는 이 무작위의 세계에서 꽤 좋은 출발지를 배정받은 것 같았다. 축복받은 삶이라는 게 이런 걸지도 몰랐다.

조금 이상한 느낌이었지만, 내가 더 이상 내가 아니라는 것도 알았다. 구십 먹은 정윤호가 내 실체였지만, 지금 이곳의 나는 '최성규'였다. 현실에서 어린 시절을 되새길 때처럼 성규로서의 옛 기억들도 단속적으로 떠올랐는데, 그 모든 순간이 좀 바래긴 했어도 생생한 질감을 가지고 있었다. 본 적도 없는—당연히 그렇겠지만—어머니의 얼굴을 떠올렸을 땐 정말로 그리운 마음이 치밀어 당혹스러웠다.

모든 게 예상과 달랐다. 나는 현실을 조잡하게 흉내 낸 불완전한 세계를 상상했었다. 구현된 세계의 어딘가는 분명 허술해서, 구석진 자리에서 황급히 고개를 돌리면 미처 마감이 되지 않은 빈 공간이 확연히 드러나는 그런 세계 말이다. 사람들은 마네킹 같아서 어딘가 인공적인 불쾌감을 자아내고, 차량의 움직임은 비현실적으로 일관적이며, 감각은 마치 남의 옷을 입은 듯 불안정하고 불편하기 짝이 없을 거라고 내심 생각했었다.

전혀 그렇지 않았다. 나는 내가 최성규라는 것을 실감할 수 있었다. 나는 서른두 해를 꼬박 살아낸 한 인간의 이력을 온전히 내 것으로 받아들이고 있었다. 창밖으로 내려다보이는 대교 위의 차들은 현실 세계에서와 꼭 같이 움직였다. 방이든 화장실이든 공간에는 빈틈 하나 없었다. 나는 그 공간을 온전히 느끼며 서 있었다. 샤워할 때 몸에 닿는 온수의 감각도 마찬가지였다. 물이 몸을 때릴 때의 통각, 물이 몸을 타고 흐를 때의 촉감, 몸을 닦을 때 느껴진 수건의 보드라운 질감까지도 완벽했다.

샤워를 마치고 나와 시계를 보았다. 앤틱한 아날로그

시계가 침실 벽 한쪽에 걸려 있었다. 초침이 일정한 속도로 돌고 있었다. 초침의 움직임에 맞춰 분침이 조금씩 옮겨가는 것도 보였다. 시간이 흐르고 있었다. 아직 그 흐름까지는 완벽하게 느낄 수 없었지만, 그것이 공간이 주는 실감과 다르지 않으리란 걸 나는 이미 알고 있었다.

그러니까, 나는 정말로 오십 년을 살게 되는 것이다. 이제부터 하루하루를 살아서 오십 년을. 그게 실제로는 오 분이라는 것을 알면서도. 매니저가 이론적으로는 확실히 느낄 수 있을 거라고 했던 것이 바로 이것이었다. 오십 년을 산다는 그 실감.

무작위로 주어질 거라던 삶의 조건이 내게 불리해 보이지도 않았다. 나는 상당한 부자였다. 지금 옷장 안에는 수제 맞춤 정장이 걸려 있고, 최고급 명품 지갑 안에는 적지 않은 현금과 골드카드가 담겨 있다는 것을 나는 확인하지 않아도 알고 있었다. 부모의 유산을 물려받은 금수저인 데다, 현재 글로벌 가전기업의 수석 디자이너로서 승승장구하고 있다는 것도.

"놀랍군, 정말."

나는 처음으로 입을 열었고, 낯선 목소리에 흠칫 놀랐다. 그리고 다른 감각과 마찬가지로 그 즉시 내 목소리를 받아들였다. 누구에게나 신뢰감을 안겨줄 법한 젊고

굵은 목소리였다. 나는 최성규가 되었다. 아니, 나는 최성규였다.

시계는 아침 일곱 시 삼십 분을 가리키고 있었다.

'이제 열여섯 시간 삼십 분을 더 살면 내일이 된다. 그런 내일이 삼백예순다섯 번 지나면 일 년이 가고, 그런 일 년을 오십 번 살아내면, 나는 오 분 뒤의 현실로 돌아간다.'

산다는 실감이 들었다. 갑자기 즐거워졌다. 어이없는 짓거리를 하는 게 아닌가 반신반의하던 생각은 어느새 사라지고 없었다. 나는 성규로 살아갈 오십 년에 대한 기이한 열망과 기대가 차올랐다.

나는 몸을 쭉 펴서 크게 기지개를 켜고, 새로 얻은 중저음의 목소리로 혼잣말을 했다.

"출근해볼까."

3

하루하루를 실감하며 나는 주어진 세계에 적응해나갔다. 실제의 시간은 오 분일 뿐이라는 걸 자주 되새기긴 했지만, 그렇다 하더라도 성규의 몸으로 겪는 체감의 시간은 그야말로 하루 스물네 시간의 온전한 감각으로 다가왔다. 피로하기도 하고 유쾌하기도 했다. 가끔은 열도 나고, 두통을 앓거나 이런저런 잔병치레도 했다. 가끔 뉴스에서 보게 되는 끔찍한 소식들에 고통스럽기도 했다. 이 세계에도 모순과 부조리, 부패와 악의가 곳곳에 가득 들어차 있었다. 하지만 그 정도는 얼마든지 감수할 수 있었다. 이곳에서 겪는 모든 것이 결국은 가상일 뿐이라고 되뇔 수 있었기 때문이다.

새로운 삶은 이럴 수도 있나 싶을 정도로 순탄했다. 회사에서는 승승장구했고, 경제적으로는 더없이 풍족했다. 운이 좋았다. 성규인 나는 부잣집에서 태어났고, 대학 시절 부모를 여의긴 했지만 막대한 유산과 재능을 물려받은 덕에 이내 가전업계 디자인 분야에서 두각을 드러냈다. 내가 디자인한 제품들은 매번 색다른 혁신을 선보이며 시장을 선도했고, 내 명성은 나날이 높아졌다. 머릿속에는 어디서 들어오는지 모를 아이디어들이 차고 넘쳤다. 서른둘의 출발점에서도 이미 대단했지만, 이어진 십 년 동안은 더 대단했다. 나는 국내외의 온갖 상을 휩쓸고 히트 상품을 연달아 생산해내면서 업계 일인자로 입지가 확고해져 셀럽 수준의 유명세를 탔다.

인간관계도 나쁘지 않았다. 나는 잘나가는 사람이었고, 주변 사람들은 내게 듣기 좋은 말만 했다. 직장 동료들과 일상적인 담소를 나누었고, 회의를 주재하고 의사 결정을 내렸으며, 가끔은 자리를 두고 경쟁하기도 했다. 마트에 가서 장을 보거나 지정된 요일에 분리수거를 하면서 이웃과 안면을 트고, 내게 조언을 받으러 오는 업계 후배들과 시간을 보내기도 했다. 그러면서도 나는 이들이 모두 사실은 가짜라는 생각을 종종 떠올리곤 했다. 하지만 그렇게 생각한다고 해서 달라질 것은 없었다. 그들은 나와 똑같은 정도의 물성과 개성을 가지고 있었기 때문에, 그들을 대하는 순간에는 전혀 가짜로 여겨지지 않았다. 아끼던 후배가 실연의 상처를 이기지 못하고 극단적인 선택을 했을 때는 정말로 마음이 아파 한동안 식욕을 잃었다.

디자인 시안 하나를 붙들고 전전긍긍하며 스트레스를 받을 때, 혹은 밤을 지새우며 일반에 공개할 라이브 프레젠테이션을 준비하고 있을 때 함께 야근하는 팀원들을 보며 나는 종종 혼자 웃음을 터트리기도 했다. 이제 한 사 분쯤 남았으려나. 대체 이 가짜 세계에서 나는 왜 이 가짜 인간들과 함께 이만한 스트레스를 받으며 결국엔 무의미할 수밖에 없는 성취를 향해 매진하고 있는 걸까. 그런 생각에 갑자기 웃고 있으면 머리를 쥐어짜느라 녹초가 된 팀원이 고개를 들고 흐리멍덩한 눈으로 나를 의아하게 바라보곤 했다.

하지만 그런 생각도 십 년의 시간이 흐르는 동안 점차 흐릿해졌다. 오히려 나는 '이 세계의 진상이 사실은 오 분짜리 가상세계'라는 관념이야말로 그저 내가 어려서부터 상상해온 망상이었던 게 아닐까, 하는 생각이 들기 시작했다. 정윤호라는 인간의 세계야말로 존재하지 않는 상상의 산물이 아니었을까. 그런 생각이 불쑥불쑥 치밀곤 했다. 하루하루 나이를 먹으며 많은 일을 겪어온 지난 십 년의 체감이 의심을 더욱 채근했다. 그럴 때면 나는 곧바로 머리를 흔들어 생각을 털어내려 애썼고, 그러기 위해서라도 일상의 스트레스에 기꺼이 매진했다. 굳이 새로운 삶을 살면서 안 해도 될 회의감에 빠져 정신착란 따위를 경험하고 싶지는 않았다.

나날이 희미해지는 '오 분의 세계'에 대한 관념을 애써 잊지 않으면서도 주어진 시간을 성실하게 채워나가는 동안, 내가 저지른 일탈 행위는 하나뿐이었다. 아마도 내가 진짜라고 믿는 세계에서의 실패한 결혼 생활과 빈곤했던 성관계에 대한 반발심리 같은 것이었을지도 몰랐다.

윤호로서의 나는 한 번 결혼했고 이른 파국을 맞았다. 정윤호는 다소 고루한 남자였고, 그걸 이유 삼아 전처는 바람을 피웠다. 그 사실을 숨기려고 하지도 않았다. 그것은 지루한 남자에 대한 그녀 나름의 응징 같은 것이었고, 그 일로 나는 트라우마가 생기고 말았다. 그 때문에 나는 이혼 이후로도 간혹 짧은 관계를 갖긴 했지만 진지한 연애는 하지 못했다. 원래부터가 사교적이지 않았던 데다, 이런저런 일들을 겪으며 더 움츠러들어 대인기피증까지 겪게 되었다. 그래서 나는 여든아홉의 나이에 홀로 죽음을 맞는 외로운 노인이 된 것이었다. 정윤호로서의 나는 아마 그런 결말을 미리 알았다 해도 다시 결혼하지는 않았을 것 같다. 그 자체에 대한 후회는 없었다. 어차피 사람은 누구나 최후의 순간에는 혼자일 수밖에 없으니까.

이 세계에서도 그 다짐만은 다를 바 없었다. 어차피 오 분 후면 끝날 세계였다. 끝을 아는 상황에서 어떤 각별한 인연이나 연애 감정 따위를 가지고 싶진 않았다. 다만 성규로서의 내가 윤호로서의 나와 다른 점이 있다면, 명성과 돈이 있다는 점이었다. 나는 스트레스가 과하거나 큰 성과를 거둔 날이면 화끈하게 놀았다. 팀원들을 데리고 가거나 상사들을 모시고, 아니면 이 세계에서 얻은 속물 친구들과 함께 고급 룸살롱에 가서 양주를 마시고 여자들을 껴안았다. 혼자서도 종종 갔다.

서로 합의만 되면 어떤 여자와도 잤다. 어차피 이 오십 년이 그저 가상일 뿐이라면 윤리의식 따위를 가질 필요는 없지 않겠는가. 애써 다시 경험하게 된 삶을 교도소에서 보내지 않을 정도면 충분하지 않을까. 나는 과한 야망을 품지도 정치나 도덕적 입장을 딱히 선택하지도 않은 채, 그저 순수한 쾌락을 즐기는 데만 시간과 돈과 정력을 아끼지 않았다.

내가 미처 헤아리지 못한 것은, 현실에서 그런 방탕한 생활을 하면 자연히 따라오게 되는 결과가 이 세계에서도 여전하다는 사실이었다. 술과 성욕은 쾌락주의와 맞물리면 한 사람을 파국으로 이끌 만한 시너지효과를 일으키기 마련이다. 마흔이 넘어설 즈음부터, 그동안의 과로와 지나친 음주 그리고 욕망을 탐닉한 결과가 나타나기 시작했다. 집중력이 떨어지고, 자주 몸에 탈이 났다. 사십 대 중반이 되자 탄탄했던 몸에도 조금씩 주름이 잡히고 늘어진 살들이 보이기 시작했다.

"또 똑같은 꼴이 나려나."

흐릿해져 가던 윤호로서의 기억들이 다시 새록새록 떠올랐다. 이제는 이전만큼 확실하진 않았지만, 그렇다고 그 진짜 현실의 기억, 혹은 망상일지 모르는 것이 사라진 적은 없었다. 알코올의존증으로 허덕였던 날들과 그로 인해 맞게 된 외로운 노년에 대한 자각이 엄습했다. 그러자 남은 사십여 년의 세월이 두렵기까지 했다. 제아무리 실제론 몇 분에 불과하다고 생각하려 해도, 사십여 년의 체감은 여전할 것이고, 그 세월 동안 겪게 될 고통을 예상하니 더럭 겁이 났다.

"이만큼 즐겼으면, 이 가짜 놀음은 이제 그만해도 되지 않을까."

그런 생각을 하고 소름이 돋았다. 내가 죽어버리면 이 세계도 끝나지 않을까 싶긴 했지만, 죽음은 윤호의 삶에서도 아직 경험해보지 못한 것이었다. 사업 실패와 이혼과 알코올중독이 한꺼번에 찾아왔던 시절 종종 자살을 생각하긴 했었고, 곧 임종을 앞두고 있었으니 죽음을 의식하지 않을 수 없긴 했지만, 당연히 그것을 체험해본 적은 없었다. 그러니 내가 현실로 돌아가기 위해 자살을 한다면 그것은 처음 체험하는 죽음이 된다. 그 결과가 어떨지 확신할 수 없었다. 이 세계에서 죽으면 바로 현실에서 깨어나는 것인지, 아니면 시간이 될 때까지 남은 사십여 년 동안 죽음의 상태라는 것을 체험하게 되는 것인지, 그것도 아니라면 원혼의 형태로 이 가상의 세계를 떠돌아다니게 되는 것인지. 곧장 깨어난다 해도, 결국 마주하게 되는 건 늙고 병들어 임박

한 또 다른 죽음이었다. 혹시라도 성규로서 겪은 죽음이 상상 이상으로 고통스럽고 끔찍하다면, 그런 체험을 하고 난 후에도 죽음을 담담히 받아들일 수 있을까. 더는 회피하거나 달아날 길도 없는데. 게다가…….

근래 들어, 윤호의 기억이야말로 정신착란이 일으킨 오랜 망상이 아닐까 하는 의심이 부쩍 깊어지고 있었다. 오 분이니 윤호니 하는 것이야말로 정말은 헛소리인 것은 아닐까. 그저 지금의 방종을 정당화하기 위한 방어기제 같은 것은 아닐까.

이대로 가다간 정말 정신병에 걸리게 될지도 몰랐다. 이제 망상대로 오십 년을 다 살아보기 전까지는 무엇도 확신할 수 없었다. 죽음이 불가지론의 문제라면, 결국 지금 이 순간을 사는 쪽을 선택할 수밖에 없었다. 그게 옳을 것 같았다.

그래서 나는 또 아랫배가 쓰라려 오던 어느 날, 남은 사십여 년의 세월을 위한 새로운 각오를 다질 작정으로 대형병원의 종합검진을 예약했다.

4

예상과 달리 검진 결과는 나쁘지 않았다. 음주와 운

동 부족으로 인한 약간의 비만, 과도한 스트레스로 인한 무기력증, 약한 역류성 식도염이 있었는데, 그 정도를 제외하면 몸에는 아무 이상이 없었다. 나는 부와 재능과 마찬가지로 건강 체질조차 물려받은 듯했다.

"음주를 좀 줄이고 꾸준히 운동하면서 잘 관리해주면 향후 오십 년은 거뜬하실 겁니다. 물론 정기적으로 검진은 받으셔야겠지만요."

의사의 말이 귀에 들어오지 않았던 것은 내가 오만해서가 아니었다. 남은 시간이 사십 년뿐이니, 아무래도 오십 년이나 거뜬할 수는 없다는 생각을 했던 것도 아니다. 나는 의사 옆에 다소곳이 선 간호사에게 온통 신경이 빼앗긴 상태였다.

삼십 대 중반쯤의 키가 작고 날씬한 체형을 가진 그녀는 나이에 어울리지 않게 천진한 생기를 내뿜고 있었다. 검진을 위해 입원한 날부터 나를 전담한 간호사였다. 이즈음 나는 내 이름이 하나의 장르로 분류될 정도로 유명했다. 놀 때는 분방하게 굴었어도, 한편으로는 일을 통해 얻는 성취감에 중독되어 있었던 덕분이었다. 병원 측에서 일종의 VIP 대접을 해준답시고 특실에 전담 간호사까지 붙여준 것이었다.

그녀는 친절했고 얼굴에서 미소가 떠나지 않았다. 내

눈에 담긴 그녀의 미소는 직업적인 관례에 따른 것이 아니었다. 그것은 그녀의 천성이었다. 어찌 보면 순진하기도 하고 어찌 보면 현명하게도 보이는 눈웃음이 예뻐 보였다. 사근사근한 목소리로 할 말을 정확하게 전하는, 그래서 상대의 불안을 가벼이 녹여내는 그 유연함도 마음을 끌었다.

그녀가 이끄는 대로 온종일 이곳저곳을 다니며 검진을 받는 동안, 나는 검진보다 그녀에게 신경이 더 쓰였다. 마침내 모든 절차가 끝났을 때 나는 이대로 떠날 수는 없다는 생각이 들었다. 남은 사십 년은 조금 다르게 살아보기로 다짐했는데, 그 결의의 핵심이 바로 그녀라는 생각이 마구 치밀었기 때문이었다.

그녀가 병원 정문까지 나를 배웅했다.

“오늘 고생 많으셨어요. 몇 가지 검사 결과는 일주일 정도 걸려야 나오겠지만, 의사 선생님 말씀을 들어보니 아직 건강하신 것 같네요. 몸 관리 잘하시고, 앞으로도 좋은 제품 많이 보여주세요.”

그녀가 나 말고도 얼마나 많은 유명인사를 만나보았을까. 그중 몇 사람에게 이런 제안을 받아보았을까.

“오늘 너무 고마웠어요. 덕분에 마음이 한결 편했습니다. 제가 간호사님께 식사를 대접하고 싶은데요. 혹시 괜찮으실까요?"

예상치 못한 제안이었는지, 그녀가 살짝 놀란 기색으로 나를 바라보았다. 그 상냥한 눈에 호기심이 담겨 있었다. 그게 더없이 사랑스러워 보였다.

"제 일이었는 걸요."

"업무와 상관없이, 제가 개인적으로 그냥 데이트 신청을 하는 겁니다. 아시겠지만, 저는 솔로고, 아, 그러고 보니……."

나는 그녀가 기혼자일 수도 있다는 걸 말을 뱉고서야 깨달았고, 당황했다. 용기를 낸다는 것이 되려 큰 결례를 범한 꼴일 수도 있었다. 허둥대는 나를 보며 그녀가 산뜻한 웃음을 터트렸다.

"저도 싱글이에요, 아직. 저도 며칠 초과 근무라 이제 들어가서 옷 갈아입고 퇴근할 건데, 한 시간만 기다려 주시겠어요?"

"그럼요. 한 시간뿐이겠어요. 네 시간도 기다릴 수 있습니다. 사십 년까지는 못 기다리겠지만요."

그녀가 나의 실없는 농담에 다시 한번 웃음을 터트렸다. 역시 웃음이 많은 건 천성이었다. 그녀는 자신의 휴대폰 번호를 적어준 다음, 몸을 날렵하게 돌려 병원 안으로 들어갔다.

가까운 카페에 들어가 그녀를 기다리며 나는 또 혼잣말을 했다. 너무 흥분했다는 것을 뒤늦게 깨달았기 때문이었다. 성규야, 알잖아. 이건 내게 남은 몇 분 남짓한 시간 중 한순간일 뿐이고, 그녀는 진짜가 아니야. 이 세계에서 누군가를 사랑한다는 것은 우스운 일이야. 하지만 정말 그럴까. 그 몇 분이라는 게 나의 망상일 뿐이라면? 이제부터 그녀와 함께할 수십 년이야말로, 유일한 진실이라면? 하지만 그녀가 색감이 밝은 베이지색 코트를 입고 카페에 들어오자 나의 복잡한 생각은 너무나도 가볍게 사라져버렸다.

그녀의 이름은 수민이었고, 서른일곱이었다. 생각보다 나이가 많아서 놀라긴 했지만, 오히려 나와는 나이 차가 줄어든 셈이니 더 좋았다. 그녀는 내가 유명인사라고 해서 빈말을 남발하지도 않았고, 괜히 주눅이 들지도 않았다. 그녀는 스스럼없이 자기 이야기를 했고 더없이 자연스럽게 행동했다. 그 자연스러움은 이 세계의 모든 자연스러움 가운데서도 가장 두드러졌다.

결혼 같은 건 안 돼. 진짜일지도 확신하지 못하는 세계에서 결혼이라니, 그게 맞는 거니? 하지만 나는 진실이야 어떻든 그녀와 함께하고 싶었다. 둘만의 추억을 공유하면서 살고 싶었다.

연애가 일 년을 넘어갈 즈음, 나는 수민에게 청혼했다. 그녀 쪽에서 조금 망설이기는 했지만, 그래서 심장이 졸아드는 불안의 시간을 얼마간 보내긴 했지만, 마침내 그녀가 청혼을 받아들였고, 우리는 결혼했다. 내 나이가 마흔여섯, 수민이 서른여덟이던 때였다.

5

나는 삶의 질서를 되찾았다. 그녀와 함께하는 삶은 더없이 행복했다. 그녀는 마치 나의 분신 같았다. 마음이 잘 맞았다. 안 맞는 부분도 물론 있었지만, 대부분 내가 맞췄다. 기꺼이 그럴 만한 가치가 있었다. 나는 그녀를 위해 다시 운동을 열심히 해서 사십 대에도 서른두 살 때 못지않은 몸을 되찾았다. 그녀와 깊은 섹스를 했다. 우리의 나이가 많아서인지 아이는 생기지 않았지만, 어차피 내게 그건 중요하지 않았다. 술은 끊었다. 윤호의 세계에서는 한 번도 그런 적이 없었고, 성규로 살아오면서도 지난 십 년 이상 끊지 못했던 술을, 단번에 끊었다.

몇 년 후, 나는 내 회사를 설립했다. 수민이 곁에 있어서인지 나는 자신감이 부쩍 넘쳤다. 수민은 마흔둘까지 병원 일을 계속하다가 퇴직하고는 역시 자기 사업을 시작했다. 그녀가 모아둔 자금에 내가 돈을 보태 시작한 호스피스 사업은 그녀의 성정과 잘 맞아서 시너지효과를 냈다. 우리의 사업이 모두 성공적이어서 원래 많던 재산은 기하급수적으로 불어났다. 삶은 안정적인 지반을 가졌고, 사업적 성취감과 가정적 안온함이 모두 충족되어서 우리는 서로에게 더욱 충실할 수 있었다. 나이가 들어가도 섹스를 그만두진 않았다. 그것만은 반드시 붙들어야 할 어떤 동아줄이라도 되는 것처럼. 처음의 설렘과 호기심이 사라진 후에도 그랬다. 매번 좋았고, 서로에게 만족했다.

어느 한 날, 깊고 농밀한 섹스를 마친 직후, 침대에 드러누워 가만히 숨을 고르고 있을 때였다. 옆에 누워 있던 수민이 물었다.

"전생 같은 거, 생각해본 적 있어?"

"전생?"

"응."

나는 이전보다 훨씬 윤호의 세계를 덜 생각하게 되었다. 그래도 그 생각이 완전히 잊힌 적은 없었다.

"전생까지는 아니고……. 뭐, 망상을 할 때는 많지. 근데 왜?"

“난 가끔 전생을 떠올리거든.”

나는 몸을 모로 틀어 그녀를 바라보았다. 이제는 처음보다 조금 처진 가슴이 보였다. 하지만 아이를 낳지 않은 데다, 나 못지않게 운동에 열심인 아내의 몸은 제 나이보다 훨씬 젊었고 여전히 탄탄했다.

“당신 전생이 어땠는데?”

“예전엔 아주 또렷했던 것 같은데, 이젠 좀 희미해졌어. 그래도 가끔 생각나. 그다지 좋은 생은 아니었던 것 같아. 평범한 주부였어. 어려서부터 딱히 뭘 잘하는 게 없어서 평범한 남자를 만나서 결혼하고, 그냥 주부가 되었지. 아이 둘을 낳았는데, 하나는 죽었어. 많이 울었던 것 같아. 그 충격에서 헤어나오지 못해 결국 남편과 헤어졌고. 하나 남은 아이의 양육권은 남편이 가졌어. 내겐 경제 능력이 없었거든. 외로워서 술을 많이 마셨던 것 같고, 생활고에 시달렸지. 가끔 남자들과 잠을 잤어. 돈을 받기도 했는데, 매춘부라고 할 정도는 아니었던 것 같아. 그냥 불쌍해서 준 것 같아. 그러다 별로 늙지도 않았는데 덜컥 암에 걸렸고. 아마 그렇게 끝난 것 같아.”

“끔찍하네.”

나는 윤호의 삶을 떠올려보았다. 보잘것없는 세월이

었다. 기쁨과 성취보다는 좌절과 회한이 더 많았다. 나는 수민을 껴안았다.

"그게 사실이더라도 전생일 뿐이잖아. 지금 당신에게 아이는 없지만, 당신을 사랑하는 남자와 살고 있어. 능력이 출중한 여자이고, 모두에게 존중받고 있지."

수민이 천장을 보던 시선을 돌려 내 눈을 응시했다.

"응. 그래서 나는 지금이 좋아. 이 세계가 영원했으면 좋겠어."

"나도 그래."

'이제 몇 분이나 남은 걸까'하는 생각이 불쑥 떠올라 나는 나도 모르게 몸서리를 쳤다.

"왜 그래?"

"아냐, 아무것도. 또 망상에 빠졌나 봐. 오랜 버릇이야."

나의 망상 버릇에 익숙한 그녀가 내 입술에 키스하고는 속삭이듯 말했다. 여전히 상냥하고 나긋한 목소리였다.

"전생은 전생이고, 망상은 망상일 뿐이야. 지금 우리는 함께 있고, 이게 유일해."

"그래, 이 삶이 유일해."

그녀가 내 몸에 올라탔고, 우리는 다시 사랑을 나누었다.

6

영원히 질주할 것만 같았던 행복이 덜컥 방지턱에 부닥쳤다.

어느 날, 사업미팅을 마친 후 돌아온 수민이 집 주차장에 차를 대고 내리다 갑자기 어지럼증을 느끼며 쓰러졌다. 그녀는 이틀 만에 병상에서 눈을 떴다. 깨어난 그녀는 옆에서 손을 잡은 채 잠들어 있던 내 머리를 훔쳤다. 나는 부스스한 눈으로 깨어나 그녀를 보았다.

"어떻게 된 거야, 나?"

"별일 아니래. 그냥 피로해서 그런 것 같아."

"별일 아닌 게 아닌 것 같은데. 당신 엄청 울었잖아. 눈이 다 부었는걸."

"당신이 아프니까. 안쓰러워서."

"자기, 솔직하게 말해줘. 뭐든지. 어떤 상태여도 상관없으니까 진실만 말해줘."

"정말 별일 아니야. 암도 아니고, 당장 죽을 병도 아니래."

"당장 죽을 병은 아니지만, 죽을 병이긴 한가 보네."

수민은 간호사였다. 그것도 탁월한 간호사였다. 수많은 환자와 보호자를 상대해온 사람이었다. 간호사를 관두고서는 호스피스 사업을 하며 죽어가는 사람들을 돌보았다. 그녀를 속이긴 힘들었다. 나는 고개를 끄덕였다.

"……알츠하이머래."

"뭐? 치매? 내가? 아직 오십 대 초반인데?"

나는 뭐라고 말해야 할지 몰랐다. 갑자기 미친 척 망상회로를 돌리고 싶었다. 오랫동안 내 머리를 사로잡아온 그 이야기, 결국 그 이야기다. 당신은 가짜야. 그러니까 알츠하이머도 가짜고, 나는 이 분 몇 초쯤 뒤에 당신이 전혀 알지 못하는 구십 먹은 초라한 노인으로 돌아갈 거야.

하지만 그럴 수는 없었다. 그것은 사실이 아니었다. 나에게 그녀는 유일한 연인이었고, 이 세계는 그런 헛된 망상 따위에 부식될 수 없는 우리의 세계였다. 내가 지켜야 할 것은 구십 먹은 노인의 세계가 아니라, 수민과 함께하는 바로 이 세계였다. 그래야만 했다.

"왜…… 내게 이런 일이 생기는 거지?"

"신이 우리의 사랑을 질투하나 봐."

"얼마나 남았대?"

나는 단호하게 고개를 저었다.

"하기 나름이야. 잘만 관리하면 십 년도 더 탈 없이 잘 살 수 있어."

"급속하게 진행되면?"

의사는 심각한 지경에 처하면 일 년도 보장할 수 없다고 했다. 현재로서는 병세의 경과를 지켜보는 수밖에 없다고.

"괜찮아질 거야. 내가 괜찮아지게 만들 거야."

"슬퍼. 그리고 허망해."

"그렇게 되도록 내버려두지 않을 거야. 그러니까 무엇보다 자기가 힘을 내야 해."

수민은 나에게서 고개를 돌리고 눈물을 흘렸다.

마음에 아득한 슬픔이 차올랐다. 처음으로 이 세계를 설계한, 아마도 신이라고 불릴 법한 존재를 향한 원망과 기도가 마음속에서 동시에 터져나왔다.

7

환자가 되고부터 수민이 급격하게 늙어가는 것이 보였다. 그녀는 자주 전생 이야기를 했다.

"어쩌면 나는 병에 걸려 죽을 운명인가 봐. 전생이든 현생이든 후생이든."

"그런 말 마. 말했잖아. 우리에겐 지금 생이 전부라고. 당신과 내가 함께하는 이 세계가 유일한 거라고."

"그래, 그랬지. ……근데 정말 그럴까."

그녀를 잃을지도 모른다는 슬픔과 그녀의 병증에 대한 무기력 앞에서 나는 신음했다. 아무것도 할 수 없었다. 너무 고통스러운 나머지, 내 망상이 옳아서 이제 남은 이 분을 그만 끝나고 그녀가 더는 고통받지 않기를 바라는 마음까지 깃들었다. 내가 자살해버리면 이 세계도 끝나는 걸까. 아니면 내가 죽어버린 세계에서 그녀는 나의 죽음까지 떠안은 채 고통스러운 삶을 이어가게 되는 걸까. 후자라면 그건 상상하기조차 끔찍한 일이었다.

간병과 불면의 밤을 넉 달쯤 보낸 후, 나는 이제 혼자만 쓰는 집에서 자다가 별안간 깨어났다. 보통은 아내와 함께 병실 침상에서 잤지만, 의사의 권유와 아내의 간청으로 나는 이날 모처럼 집에 들러 쓰러지듯 깊은 잠에 빠졌다. 온갖 꿈을 꾼 것 같은데, 깨고 나니 다 흐릿하기만 했다. 하지만 마치 분자의 공식구조를 꿈에서 착안한 과학자처럼 나는 흐릿한 꿈들 속에서 하나의 또렷한 아이디어를 길어 올렸다. 그리고 그 가능성에 미친 듯이 흥분했다.

나는 그날 병실로 가는 대신, 회사로 곧장 출근해 회사의 재정상태를 확인했다. 회사는 아주 탄탄했고, 수익은 끝없는 증가 일로에 있었다. 사실상 나는 준재벌에 가까웠다. 나는 네오웨이브라는 회사를 수색했다. 네오웨이브는 아직 성공이라 할 만한 단계에는 이르지 못했지만, 가능성을 보이며 꾸준히 성장하고 있는 중이었다. 나는 조금의 머뭇거림도 없이 그들과 접촉해서 아이디어와 자금을 제안하며 합병을 추진했다.

곧이어 나는 임시주주총회를 열었다. 주주들이 모인 자리에서 최고경영자이자 대주주로서 선언했다. 다들 내 아내가 아픈 것을 알고 있었기에, 경영자로서의 내 심리상태를 우려하던 차였다.

"우리 회사는 또 한 번의 도약을 도모할 절호의 기회를 맞았습니다. 저는 오늘부터 우리 회사의 신사업을 'AI 가상세계 구축'으로 정하였습니다. 뇌과학의 최신 성과와 인공지능이 지닌 무한한 가능성을 결합하는 겁니다. 우리의 제품들도 전부 디지털화해서 이 가상세계를 누빌 모든 이들에게 제공하려 합니다. 이를 위해 국내는 물론이고 해외의 관련 분야 최고 인재들에게 아낌없이 투자하고 제반 시설을 확충하겠습니다. 저는 이 사업의 성공을 확신할 뿐만 아니라, 이것이 인류의 미래를 바꿀 것이라 믿고 있습니다."

갑작스러운 사업 확장에 다들 당황하긴 했지만, 나의 창의성과 사업수완은 이미 정평이 나 있었고, 신사업 분

야로 나쁜 선택은 아니라는 쪽으로 의견이 모였다. 다만 내 열정이 지나치게 과하고, 일의 진척이 그들이 통상적으로 취하는 방식보다 전격적이라 할 만큼 빠른 것에 우려를 내비치긴 했다. 하지만 결국 내 회사였고, 일은 원하는 방향으로 순조롭고 신속하게 추진되었다.

얼마간 일을 진척시킨 후 나는 아내에게 말해주었다. 수민의 투병이 벌써 일 년을 넘어서고 있었다. 다행스럽게도 병세의 진척은 더뎠다. 수민은 아직 의지를 가지고 있었다. 하지만 의지와 달리 그녀의 기억은 하나둘 손가락 사이를 빠져나가는 모래처럼 계속 줄어들고 있었다. 몸도 점점 수척해져 갔다. 한시가 급했다.

"내가 해법을 찾아냈어."

"어떻게? 의사도 더는 손쓸 수가 없댔는데."

"날 믿어. 당신이 할 일은 준비가 될 때까지 버티는 것뿐이야."

"그게 얼마나 되는데?"

"몰라. 일이 년, 아니 일 년 안에 반드시 되게 할게."

"일 년은 너무 길어. 그때까지 내가 당신을 잊지 않을 수 있을까?"

"당신이 날 잊게 된다 해도 괜찮아. 내가 당신의 손을 잡고 갈 테니까. 그러니까 포기만 하지 마."

"무슨 소린지 모르겠어."

"우리가 당신의 후생으로 함께 가는 거야, 아니면 나의 또 다른 망상 속이라고 해도 좋고."

"바보 같아, 당신."

"난 바보야. 버텨줄 거지?"

나의 열의가 그녀를 놀라게 했다. 그녀는 약속했다.

"노력할게."

8

"정말 대표님께서 직접 하시겠다고요? 아직 프로토타입일 뿐입니다. 뇌에 어떤 영향을 줄지 검증도 되지 않았고, 이걸 사람에게 쓴다는 것이 윤리적으로 허락되는 일인지도 아직……."

나는 책임연구자인 앤드류 박사의 손을 굳게 부여잡고 말했다.

"이만하면 됐어요. 당신은 천재예요. 나는 당신과 당신 팀을 믿어요."

"하지만 좀 더 임상을 거친 후에……."

"고작 오 분이잖아요. 무슨 문제가 발생하면 장치를 제거하면 그만이잖습니까."

"그렇긴 한데, 비록 오 분이라도 뇌에 직접 작용하는 장치니까 아무래도……."

"이건 인류의 위대한 도약입니다. 그렇죠? 그걸 가장 먼저 경험할 특권을 누구에게도 양보하고 싶지 않아요. 게다가 내겐 시간이 없어요. 내 아내가 이미 나를 잊어 가고 있어요. 몸도 쇠약해져서 정말이지 하루도 장담할 수 없단 말입니다. 아내에게도 이 오 분을, 한 번의 인생을 더 경험하게 해주고 싶습니다. 내가, 우리가 이룬 걸 말이에요. 걱정하지 마세요. 혹여 어떤 문제가 발생하더라도 당신과 당신의 팀에게 책임이 돌아가지 않도록 모든 서류를 준비해두었으니까요."

박사는 당황했지만, 오너인 내가 그의 책임만은 확실히 면제해주겠다는 말에 한발 물러섰다. 어쨌든 언젠간 거쳐야 할 절차이기도 했다.

"뭐, 요청하신 사항은 거의 반영하려고 애썼습니다. 오 분 안에 오십 년. 세계의 무작위성. 이론적으로는 두 분이 동시에 접속할 경우 근거리에 존재할 수 있도록 조율해두긴 했습니다만, 솔직히 확신할 수는 없습니다. 아무래도 무작위성이라는 원칙과 충돌하는 셈이니까요. 그게 가장 불안한 지점인데……."

"지금으로서는 괜찮을 거라고 믿을 수밖에 없겠군요.

아내에게는 정말 시간이 없으니까요. 설령 이게 최악의 상황을 맞더라도 우리는 오 분 뒤에 다시 만날 수 있잖아요."

"이론적으로야 그렇지만……."

"오 분 동안 오십 년을."

내가 프로젝트를 시작할 때 내세운 캐치프레이즈를 외쳤다. 박사가 담담하게 받았다.

"오 분 동안 오십 년을. 그럼 내일 오전에 뉴로메타의 첫 임상을 준비하겠습니다. 부디 행운이 깃든 여행이 되시길."

9

다음 날 이른 새벽, 수민은 회사의 비밀 연구실로 이송되었다. 그녀의 침상 옆에 내가 나란히 누웠다.

수민은 옆에 누운 나를 제대로 알아보지 못했다.

"당신, 누구?"

"함께 여행할 사람."

"어디로?"

"당신의 후생, 나의 망상으로."

"얼마나?"

"아마 오십 년쯤. 당신은 잘 못 알아듣겠지만, 내 계획을 한번 들어봐. 나는 새로운 세계로 들어가 어떻게든 당신을 찾아낼 거야. 그런 다음에 한 사십 년쯤 돈을 잔뜩 벌어서 그 세계에서 이 장치를 다시 만들어낼 거야. 그래서 우리의 이별이 다가올 때가 되면 지금처럼 다시 그 장치를 쓸 거야. 그렇게 우리는 거듭거듭 당신의 후생으로, 나의 새로운 망상 속으로 들어가는 거지. 우리는 그렇게 영원히 함께하는 거야."

"영원히 살고 싶지는 않은데."

"그럼 죽고 싶은 거야, 이대로? 이제 다시는 서로 만날 수 없게 될 텐데."

"아니, 헤어지긴 싫어."

"그래, 그럼 됐어."

"근데, 당신…… 누구?"

"함께 여행할 사람. 이제 잠들게 될 텐데, 눈을 뜨면 낯선 세계가 펼쳐질 거야. 거기서 다시 만나는 거야, 알았지?"

그 말이 끝나기가 무섭게 머리에 쓴 전극이 잔뜩 달린 장치에 불이 들어왔고, 이내 우리는 깊은 잠에 빠져들었다.

10

매니저는 내내 노인을 바라보고 있었다. 뉴로메타를 머리에 뒤집어쓴 노인은 지극히 평화로워 보였다. 다른 피실험자들도 다 그런 표정을 하고 있을까. 어쩌면 노인은 유달리 좋은 시간을 보내고 있는 것일지도 몰랐다.

그는 시계를 보았다. 뉴로메타를 가동한 지 사 분 십이 초를 막 지났다. 사십팔 초 뒤면 노인의 오십 년 세월이 끝난다. 그 세월의 실감은 어땠을까. 노인은 새롭게 경험한 삶에 만족했을까. 아니면 그에게 원망과 저주를 퍼부을 만큼 괴로웠을까. 글쎄, 삼십 초 후면 알 수 있겠지. 그는 노인이 들려줄 이야기가, 이 모든 일의 결과가 마냥 궁금할 뿐이다. 그걸 알려면 이제 십 초 뒤에 노인이 무사히 깨어나야만 했다. 그래, 지금 당장은 그게 가장 중요했다.

이제 팔 초 남았다. 칠, 육, 오, 사, 삼.

이.

일.

자, 이제 깨어날 시간이다.

작가의 말

샤워의 효용은 대단하다. 거울에 김이 뿌옇게 차오를 정도로 온수를 틀어놓고 있다 보면 가끔 엉뚱한 생각이 불쑥 끼어든다. 멍하니 물줄기를 맞고 있을 때, 죽기 직전의 오 분 동안 인생을 한 오십 년쯤 다시 살아볼 수 있는 기계가 개발된다면 어떨까, 하는 생각이 들었다. 그렇게 이 이야기를 쓰기 시작했다.

처음 완성한 단편소설이다. 장편이 쓰기 쉽다는 소리는 전혀 아니지만, 이야기를 밀도 있게 압축해야 하는 단편은 또 다른 영역이라고 생각해왔기 때문에 영 자신이 없었는데, 단상이 떠오른 김에 내처 쭉 쓰다 보니 단편 분량에서 끝이 났다. 그 재미에 단편 세 편 정도를 연달아 쓴 다음 서랍에 묵혀두었다—물론 관용적인 표현이다. 등단 작가가 아니라서 문예지에 투고하기도 어렵고, 세 편이 다 제각각이라 두 편 이상의 단편을 요하는 특정 장르의 공모전에는 낼 길도 없었는데, 고즈넉이엔티의 『이달의 장르소설』을 통해 기회를 얻었다. 단편소설을 써서 투고해봤다는 것만 해도 나름의 이력인데, 선정까지 되어서 기쁘고 감사했다. 글 쓸 의욕이 다시 생겼다.

이달의 장르소설

봄날, 히어로

장희가

대학에서 문예창작학을 전공하고 2021년 황금가지에서 장르문학비평으로 등단했다. 「로스엔젤레스의 시간」으로 한남문학상 소설부문에서 가작을, 「그 요리사가 게이트에서 살아남는 법」으로 한남대학교 웹소설 공모전에서 대상을 받았다. 독자의 일상에 친구처럼 녹아드는 다양한 분야의 글을 쓰고 싶다.

이하늘이 사라졌다. 매일 밤 그 애가 파쿠르를 하던 담벼락 앞이 텅 비어버린 게 벌써 일주일째다.

내 방 베란다에서 내려다보면 캐슬 연립주택과 햇님 신축아파트 사이에 국경처럼 놓인 회색 시멘트 담벼락이 한눈에 들어온다. 해가 떨어질 무렵, 나는 베란다에 나가 이하늘이 오는 것을 기다리곤 했다. 그 시간이 되면 그 애가 약속이라도 한 것처럼 담벼락 앞에 나와 파쿠르 연습을 했기 때문이다.

불편한 교복치마 대신 검은색 체육복 바지로 갈아입고, 허리까지 오는 머리카락을 하나로 높이 묶은 이하늘은 담벼락 앞에서 몇 발 뒤로 물러선 후 단숨에 속도를 올려 달음박질쳤다. 이대로 부딪힐 것 같은 순간에 이하늘은 벽면을 걷어차고 위를 향해 단숨에 솟구쳤다. 벽의 모서리를 강하게 움켜쥐고 팔을 지지대 삼아 몸을 끌어올린 이하늘은 공중제비를 멋들어지게 넘으며 담벼락 맞은편에 사뿐히 착지했다. 중력도 그 애의 발목만큼은 잡지 못하는 것 같았다. 마치 영화에서 나오는 히어로 같았다고나 할까. 이하늘의 파쿠르를 구경하는 것은 내 지루한 일상의 얼마 안 되는 재밋거리였다.

그런데 일주일 전부터 이하늘의 모습이 보이질 않았다. 처음에는 연습 시간을 바꿨나 싶어서 종일 베란다에 앉아 밖을 지켜보기도 했다. 하지만 웬걸, 지저분한 길고양이부터 시작해서 술에 취해 가로등을 붙잡고 일장 연설을 늘어놓는 동네 아저씨까지 봤지만 정작 이하늘은 코빼기도 보이질 않았다.

"김봄. 이제 그만 들어오지? 너 그러다 또 감기 걸려서 입원한다."

엄마가 베란다 문을 노크하듯 손가락으로 통통 두들겼다. 그러고 보니 몸이 으슬으슬 떨리는 것 같기도 하다. 3월이라곤 해도 아직 바람이 찬데 한 시간이나 베란다에 죽을 치고 있었으니 그럴 만도 했다. 나는 덜컥 겁이 나서 어깨에 두르고 있던 담요를 단단히 여몄다. 감기로 입원이라니. 남들이 들으면 재미없는 농담이라고 생각하겠지만, 그들도 기침하다가 갈비뼈에 금이 한 번 가보면 웃음기가 싸악 가실 거다. 이건 실제상황이다.

재작년 겨울만 해도 나는 부실한 뼈 때문에 한 달이나 병원 신세를 져야만 했다. 물론 골형성부전증이 있는 사람이 모두 감기에 벌벌 떠는 건 아니다. 목발을 짚고 걸을 만큼 뼈가 버텨주는 사람도 있으니까. 하지만 그건 운이 좋은 경우다. 이미 이 장애를 가진 시점에서 행운의 여신한테 왕따를 당한 것과 다름없긴 하지만, 나에 비해 그렇다는 소리다. 내 뼈는 조금 단단한 정도의 수수깡이나 마찬가지다. 목발은커녕 오래 앉아 있기도 힘든 신세라고나 할까. 아무래도 행운의 여신을 만나면 멱살부터 잡아야지 싶다.

"엄마. 나 들어갈래."

나는 차가워진 팔을 쓸며 마침내 항복을 선언했다. 엄마는 기다렸다는 듯 내가 앉아 있는 휠체어를 밀어 방 안으로 들어갔다. 훈훈한 온기가 찬바람에 얼어 있던 뺨을 간지럽혔다.

"조금 있으면 아빠 오실 테니까 그 전에 이부터 닦자."

엄마가 내 칫솔을 가지러 화장실로 향했다. 유치원 시절 배웠던 '혼자서도 잘해요' 노래가 무색하게도 열여섯 살의 나는 혼자서 할 수 있는 게 하나도 없다. 양치, 식사, 심지어 볼일 보는 일까지도 말이다. 엄마는 나를 커다란 아기라고 부르곤 한다. 아기라니! 절대로 인정하고 싶지 않지만 내 신세를 그보다 더 잘 보여주는 별명도 없다는 게 현실이다. 나랑 5킬로그램 밖에 차이가 안 나는 엄마는 슈퍼울트라 우량아를 키우느라 일찌감치 허리가 나가버렸다. 마음에 안 들긴 매한가지지만 커다란 아기라는 별명에선 그래도 나름 애정이 느껴진다. 하지만 내 또 다른 별명에서는 애정의 애 자도 찾아볼 수 없다.

중학교에 다니던 반년 동안 나는 공주마마라는 별명으로 불렸다. 어렸을 때 친구에게 '공주 같다'는 말을 들었다면 그건 칭찬으로 받아들여도 된다. 하지만 중학생이나 됐는데도 내 또래에게 공주 같다는 말을 들었다면 묻지도 따지지도 말고 무조건! 조심해야 한다. 공주 같다는 말은 신호이자 경고다. 내가 지금 애들한테 어마어마하게 밉보였다는 신호. 엄마한테야 금쪽같은 내 새끼지만, 그 애들한테 나는 금쪽은 고사하고 반쪽을 내도 모자랄 애였다. 뭐 하나 자기 손으로 할 줄 아는 게 없는, 만지면 혼날세라 부딪치면 병원비 물세라 조심해야 하는 빌어먹을 공주마마. 상황이 이러니 학교가 재미있었을 리가 있나.

그래도 반년을 톡톡 털어 좋은 기억이라고 할 만한 게 있다면 이하늘과 같은 반 친구가 됐던 것뿐이다. 뭐, 말 한 번 나눠 본 적 없는 사이긴 하지만 말이다. 변명이 아니고 이하늘은 나뿐만 아니라 다른 애들하고도 별로 말을 섞지 않았다.

솔직히 말해서 이하늘에겐 친구라고 할 만한 애가 없

었다. 처음부터 그런 건 아니다. 처음에는 오히려 호기심의 대상이었다. 사업가라는 아버지가 벤츠를 끌고 와서 이하늘을 학교까지 데려다주었기 때문이다. 근방에 단 하나뿐인 벤츠에 선생님과 아이들의 관심이 단번에 쏠렸다. 하지만 그 관심이 친구 만들기로 이어지지는 못했다. 학기가 시작하고 이 주나 지나서 전학을 오는 바람에 그렇기도 했지만, 무엇보다 교복이 다 감추지 못한 흉흉한 상처 탓이 컸다. 강제 전학을 왔다느니, 일진이라느니 하는 괴소문이 날마다 업그레이드된 버전으로 애들 사이에 떠돌았다. 하지만 나는 오히려 바로 그런 점이 마음에 들었다. 친구 하나 없는 처량한 신세인 것도, 상처투성이인 몸을 가진 것도 나랑 좀 닮은 것 같아서. 내가 생각해도 좀 찌질한 이유지만 원래 우정이라는 건 다 그렇게 사소한 이유에서 시작되는 거다.

하지만 이하늘을 상대로 한 나의 짝우정은 얼마 지나지 않아 끝이 났다. 감기 몸살 때문에 밤새 끙끙대다가 학교에 지각을 했던 어느 금요일이었다. 전동휠체어를 타고 느지막이 교문에 도착한 나는 선생님에게 잡혀 있는 이하늘을 발견했다. 그날 교문을 지키고 있던 선생님은 하필 개미였다. 어찌나 성질이 더러운지 견미영이라는 이름 대신 개미영, 줄여서 개미라는 별명으로 더 자주 불리는 바로 그 선생님 말이다. 개미는 언제나 이하늘을 못 잡아먹어서 안달이었다. 교복 아래 체육복을 꿰어 입고 다니는 것, 소문을 몰고다니는 불량한 상처들, 단정하지 못한 머리카락. 이하늘의 모든 것이 개미의 못된 심술보를 자극하는 모양이었다. 이하늘은 개미가 손가락으로 기분 나쁘게 머리를 툭툭 건드리며 으름장을 놓는 동안에도 잠자코 있었다. 뒤에서 혼날 차례를 기다리고 있던 남자애들이 수군거리는 소리를 듣기 전까지는 그랬다.

"개미한테 쪼는 것 봐. 이하늘 저 기지배, 일진은 구라고 사실은 어디서 얻어맞고 다니는 거 아니야?"

순간 이하늘의 눈빛이 변했다. 이하늘은 개미를 밀쳐내고 달리기 시작했다. 그리고 닫힌 교문 앞에 잠깐 멈춰서는가 싶더니 마치 히어로 영화의 주인공처럼 벽을 박차고 날아올랐다. 그것은 정말이지 뛰어올랐다고 하기보단 날아올랐다는 표현이 어울리는 명장면이었다.

흥분한 아이들이 함성을 보내는 동안 나는 혼자만의 우정을 착착 접어서 과거로 날려보냈다. 잠시라도 이하늘과 내가 닮았다는 생각을 했다니. 과거의 김봄을 붙들고 정신 차리라며 어깨를 흔들어 주고 싶을 지경이었다. 같은 지구에 산다고 해서 북극 사람과 남극 사람이 서로 이웃사촌인가? 날개가 달렸다고 해서 모기와 독수리가 동류가 되나? 친구가 좀 없고, 몸에 상처가 있다고 해서 우리가 닮았나? 답은 아니오. 절대 아니오였다.

그게 내가 학교에서 이하늘을 본 마지막 기억이다. 기침을 동반한 빌어먹을 감기가 기어코 내 갈비뼈를 아작 내고 말았기 때문이다. 그리고 그 길로 다시는 학교에 돌아가지 못했다.

"봄아. 전학을 가는 게 어떠니?"

문병을 온 담임 선생님이 다정한 척 나를 부르며 그렇게 말했다. 입원하고 나서는 코빼기도 보이질 않더니, 퇴원할 즈음 돼서야 겨우 찾아와서는 하는 말이 고작 그런 거였다. 출석 일수가 모자라다느니, 장기적으로 볼 때 그편이 네게 낫다느니 했지만 결국 그 학교에 내가 있을 자리는 없단 소리였다. 아무리 예쁘게 포장해서 들려준다고 해도 나가란 소리를 못 알아들을까 보냐. 내가 바보 등신도 아니고. 나는 엄마가 깎아놓은 멜론을 선생님한테 한 입 권하지도 않고 혼자 다 먹었다. 선생님한테 주느니 차라리 내가 다 먹고 설사를 하지!

사실 내가 있을 자리가 없는 것은 학교뿐만이 아니다. 고장난 장애인용 리프트가 몇 년째 방치된 지하철, 경사로가 없는 상점들, 휠체어가 비집고 들어갈 여유도 없이 조경된 길거리. 그것들이 하는 말은 하나같이 똑같다.

'꺼져. 여긴 네가 있을 곳이 아니야.'

결국 나는 학교에서 쫓겨났듯이 그곳에서도 쫓겨나고 만다. 그렇게 하나하나 퇴짜를 맞다 보니 내게 허락된 세상은 열일곱 평짜리 캐슬 연립주택 한 칸만 남아 있었다. 나는 그 안에서 옴짝달싹하지 못하고 진짜 공주마마라도 된 것처럼 갇혀버렸다. 구하러 올 왕자도 없으니 평생 이 안에서 살다 죽을 운명인지도 모르겠다.

집 안에서 보는 세상은 아주 작다. 얼마나 작나면, 더도 말고 덜도 말고 우리 집 베란다만큼 작다. 베란다로 보이는 것이 내 세상의 전부인 셈이다. 내 세상에 사는 사람은 고양이와 술 취한 아저씨. 개 산책시키는 아줌마들이 전부다.

이 몇 안 되는 등장인물 중에 한 명이 더 추가된 것은 작년 겨울의 일이다. 잠깐 환기나 시키려 베란다를 열었다가 담벼락 위로 날아오르는 이하늘을 발견하고 만 것이다. 맙소사. 학교에서 쫓겨나고 그 애를 다시 볼 거라곤 생각도 하지 못했다.

"와, 대박. 전생에 새였나 봐."

전생이니 뭐니 하긴 했지만 나는 교회에서 세례까지 받은 애다. 그만큼 놀랐다는 소리다. 2미터가 훌쩍 넘는 담벼락 위에 사뿐히 착지하는 모습은 정말이지 새라는 말밖에는 표현할 방법이 없었다. 이하늘은 마지막으로 본 날보다 훨씬 높이 날았다. 체육복 반바지 아래 드러난 다리는 멍투성이에다 신고 있는 운동화는 걸레짝처럼 너덜거렸지만, 이하늘을 저 하늘까지 멋지게 밀어올린 건 그 숱한 상처들이 만들어낸 단단한 근육이었다. 이하늘이 땅을 박차고 도약할 때마다 옹골찬 노력의 흔적들이 꿈틀거리고 있었다.

입까지 헤 벌리고 정신없이 파쿠르를 구경하던 나는 이하늘이 끊어진 신발 끈을 밟고 벽에서 뚝 떨어지는 것을 보고 그만 소리를 지르고 말았다.

"엄마야!"

잠시 후, 이하늘은 상처 하나 없는 얼굴로 훌쩍 벽을 타고 올라왔다. 문제는 그 애가 아니라 나였다. 베란다에서 소리를 지른 것도 모자라 흥분해서 난리를 치는 바람에 엄마가 난간에 널어놓은 내 하얀색 운동화까지 아래로 떨어뜨리고 만 것이다.

'하나님 맙소사. 제발, 제발 눈치 못 채게 해주세요.'

그러나 내 필사적인 기도는 먹히지 않았다. 아무래도

조금 전 전생 운운해서 내 기도를 들어줄 기분이 아니신 모양이었다. 이하늘은 바닥에 떨어진 운동화를 집어 들고 천천히 고개를 들었다. 그 애와 눈이 마주치던 순간을 나는 평생 잊지 못할 것이다. 이하늘이 내 운동화를 흔들어보였다.

"새 신발이네. 네 거야?"

새 신발은 무슨. 외출할 때마다 마르고 닳도록 신고 다닌 오 년 차 헌 신발 되시겠다. 걸을 일이 없으니 때탈 일도 없어 그렇게 보일 뿐이었다.

"보면 모르냐."

나는 일부러 쪽팔림을 감추기 위해 툴툴거렸다. 이하늘은 아까 담벼락을 탔던 것만큼이나 손쉽게 우리 집 베란다 난간을 잡고 올라왔다.

"학교 그만두고 나서 처음 보네. 너 여기 살아?"

나는 이하늘이 나를 기억하고 있다는 사실에 조금 흥분했지만, 아닌 척 침착하게 대답했다.

"어. 너는 어디 사는데?"

"햇님 아파트. 야. 세상 좁다. 이렇게 가까이 사는데 어떻게 일 년간 한 번을 못 봐?"

이하늘이 어처구니없다는 듯이 웃음을 터뜨렸다. 사정을 모르는 이하늘이야 신기하다고 생각하겠지만 그건 당연한 일이었다. 나는 이 집에 일 년간 갇혀 있었으니까.

베란다 난간을 잡고 있는 이하늘의 팔에는 여전히 상처가 가득했다. 아마 파쿠르 연습을 하다 생긴 상처겠지. 한때 저 상처가 내 수술 흉터와 닮았다고 생각했다는 사실이 우스웠다. 이하늘은 상처가 늘어나는 만큼 좀 더 높이, 좀 더 멀리 날아갈 수 있지만 내 상처에는 아무 이유도 없다. 그냥 낭비되고 있을 뿐이다.

상처가 쌓인 만큼 일취월장하는 이하늘의 파쿠르에는 묘한 중독성이 있었다. 몰래 보고 있다는 걸 들켜놓고도 해질 즈음이면 베란다에 나와 그 애를 기다릴 정도였으니 말 다 했다. 하지만 나의 도둑 관람은 불과 일주일 만에 막을 내렸다. 여느 때처럼 베란다에 나와 커튼을 슬그머니 걷던 나는 시멘트벽 위에 쪼그려 앉아 이쪽을 바라보고 있는 이하늘과 눈이 마주치고 만 것이다. 이하늘의 입꼬리가 장난스럽게 말려올라갔다.

"계속 숨어서 보면 힘들지 않아?"

으악! 터져 나오는 비명을 삼키며 잽싸게 커튼을 내렸지만 때는 늦어도 한참을 늦었다. 베란다 너머에서 이하늘이 깔깔대며 웃는 소리가 들려왔다. 아, 젠장. 쪽팔려서 죽을 것 같다.

"아, 좀! 못 본 척해주면 어디가 덧나? 센스 없네, 진짜."

"당당하게 봐, 당당하게. 내가 특별히 너한테는 관람료 안 받는다."

그 후로 난 그 애가 펼치는 공연의 유일한 관객이 되었다.

"엄마. 혹시 요 일주일 동안 근처에서 이사 차 본 적 있어?"

"아니. 요새는 한 번도 못 본 것 같은데?"

양치를 하며 넌지시 묻자 엄마가 대수롭지 않게 대답했다. 그렇다는 건 이하늘이 이사를 간 건 아니라는 얘긴데. 안심이 되는 한편 점점 궁금증은 커져만 간다. 아니, 그럼 도대체 이하늘은 어디에 갔단 말인가. 하늘로 솟았나 땅으로 꺼졌나. 답답한 마음에 칫솔만 물고 있자니 엄마가 인상을 쓴다. 서둘러 양치를 마치자 엄마가 씻은 물이 든 대야를 방에서 가지고 나갔다. 그 모습을 보자 이하늘이 여행을 간 걸지도 모른다는 생각이 들었다. 나야 엄마의 도움 없이는 화장실도 못 가지만 이하늘은 다르니까. 그 애는 누구의 도움도 없이 어느 곳이라도 갈 수 있는 신체 건강한 여자애였다.

'그래. 여행을 간 걸지도 몰라.'

학기 중이라도 체험활동 신청서를 내면 여행을 갈 수

있다. 물론 부모님이 허락만 한다면 말이다. 하지만 나는 바로 그 대목에서 이하늘 이사설에 이어 여행설도 머릿속에서 지워야만 했다. 남들 다 가는 수학여행도 못 가게 한 이하늘의 아버지가 그런 걸 허락을 해줬을 리 없었다.

김밥을 싸주겠다며 햄을 사러 갔던 엄마가 빈손으로 돌아온 날이었다. 수학여행 때문에 슈퍼의 햄이 싹 팔렸다나 어쨌다나. 나는 당연히 이하늘도 수학여행을 갔을 거라고 생각했다. 하지만 그날 밤 혹시나 싶어 나갔던 베란다에서 나는 여느 때처럼 파쿠르 연습 중인 이하늘을 볼 수 있었다. 잠깐 못 본 새 이하늘의 종아리에는 처음 보는 핏빛 멍이 아프게 돋아 있었다. 신기술을 익힌답시고 애쓰다가 생긴 상처인 것 같았다. 참나, 백덤블링이라니. 땅에서도 어려운 고난도 기술을 한 뼘도 안 되는 담벼락 위에서 펼치는 것이 쉬울 턱이 없었다. 그렇게 다쳐놓고 무섭지도 않은지, 이하늘은 좁은 벽 위를 외줄 타듯 아슬아슬하게 걷고 있었다. 불안한 발밑은 아랑곳 않고 어스름이 내려앉은 하늘을 바라보는 이하늘의 눈이 야생동물처럼 서늘했다. 나는 궁금증을 참지 못하고 먼저 말을 걸었다.

"야. 오늘 수학여행 아니야? 넌 왜 안 갔어?"

"안 간 게 아니라 못 간 거야. 아빠가 여행을 싫어하거든. 엄마처럼 나도 여행 갔다가 영영 안 돌아올 거라고 생각하나 봐."

어머니가 사고로 돌아가셨다는 소린가 싶었는데 이하늘의 말은 전혀 의외의 것이었다.

"아빠한테서 도망쳤어, 우리 엄마. 모르는 남자랑 둘이서 손 꼭 붙잡고."

왜 아빠한테서 도망쳐야 했냐고 묻고 싶었지만 물어볼 만큼 눈치 없지는 않았다. 뭐, 묻는다고 해서 대답해줄 것 같지도 않았지만 말이다. 이하늘이 화제를 돌렸다.

"넌 집에만 있으면 답답하지 않아?"

"답답해도 집 안이 제일 안전하거든. 게다가 난 도와주는 사람 없으면 어디 나가지도 못해."

"맞다. 넌 공주마마였지."

짜증나는 별명을 듣고 무섭게 노려보자 이하늘이 웃음을 터뜨렸다. 서늘하던 표정은 간데없고 평소처럼 다정한 눈빛이었다. 그리고 내게 잡으라는 듯 팔을 뻗어보였다.

"그래도 힘들 땐 얘기해. 내가 밖으로 데리고 나가줄게."

퍽이나. 이하늘이 나보다 키도 크고 몸무게도 더 나가긴 하지만 그래 봐야 같은 여자애다. 영화에 나오는 슈퍼맨처럼 나를 업고 날아가기는커녕 날 들어서 휠체어에 앉힐 수도 없을 것이다. 다 알고 있었지만 나는 고개를 끄덕였다. 그때만큼은 그냥, 그러고 싶었다.

그날의 일을 곰곰이 되짚어보니 생각하면 생각할수록 이하늘이 여행을 간 건 아닌 것 같다. 또다시 머릿속이 복잡해진다. 도대체 이하늘은 지금 어디 있을까?

자고 싶다. 졸려 죽겠는데 잠이 안 온다. 엄마가 불을 끄고 나간 지 벌써 세 시간이 지났지만, 도저히 잠이 올 생각을 안 한다. 빌어먹을 불면증. 밤은 낮 동안 꽁꽁 싸매두고 마음 한편에 던져놓았던 온갖 걱정들이 고삐 풀린 망아지처럼 활개를 치고 다니는 시간이다. 보통 이럴 때는 영화를 본다. 몸이 지쳐서 잠이 들 때까지 아무 생각도 하지 않기 위해서다.

내가 주로 선택하는 영화는 히어로 영화다. 아무 생각 없이 보기도 좋고, 소시민들이 곤경에 처했을 때 귀신같이 나타나서 구해주는 히어로를 보고 있자면 어쩐지 안심이 된다고나 할까. 하지만 갈비뼈 때문에 병원에 입원해 있는 동안 히어로 영화는 수면제로서의 효능을 다했다. 할 일 없이 병원 침대에 누워서 봤던 영화를 다섯 번쯤 돌려보고 있으려니 전에는 안 보이던 것들이 보이기 시작했기 때문이다. 이를테면 히어로가 악당을 물리치는 동안 도망치는 그 무수한 사람 중에 휠체어를 탄 사람은 없다던가 하는 아주 사소한 것들 말이다. 나는 이 영화감독의 주위에 장애인이 한 명도 없다는 데 용돈을 전부 걸 수도 있다. 만약 있었다면 감독의 옆구리를 세게 꼬집어주지 않았을까. 영화 끝날 때까지 한 번도 모습을 보이지 않은 그들은 무너진 건물 속에 아직도 남아 있을 거라면서 말이다.

그런 이유로 효능을 다한 영화 대신 두 번째로 발견한 수면제는 다름 아닌 이하늘의 파쿠르다. 베란다에 앉아 그 애가 벽 위를 날아다니는 것을 보고 나면 어쩐지 자는 게 무섭지 않았다. 그 애는 악당을 물리쳐 줄 힘도 없고, 나를 들고 뛸 수도 없을 테지만 그래도 나를 무너지는 건물 속에 두고 가진 않을 것 같았다.

한 시간 넘게 뒤척거리던 나는 결국 나는 불면증에게 항복을 선언했다. 뜬눈으로 밤을 지새울 바엔 바람이나 쏘이고 싶었다. 새벽일을 나가는 아빠를 졸라 휠체어에 앉아 베란다까지 나왔다. 열린 창문 틈새로 들어오는 차가운 바람에 코끝이 시렸다.

"으아. 3월 주제에 되게 춥네."

이제 봄이라더니. 뉴스에서 아무리 겨울이 끝났다고

떠들어대도 집 안에 있으면 봄이 오는 것을 조금도 느낄 수가 없다. 저 밖에 나가보면 개나리도 피고 얼음도 녹고 새싹이 움텄을지 모르지만, 내 눈에 보이지 않는 세상이 어떻든 무슨 상관이람. 내 세상은 여전히 춥고 메말라 있는데.

툴툴대며 찬바람을 맞고 있으려니 멀리서 무엇인가 움직이는 것이 보였다. 집 없는 고양인가 싶었던 그림자는 점점 가까이 다가오며 사람의 형체를 갖추어 갔다. 불안하게 심장이 뛰었다. 이하늘이었다.

그 애는 잔뜩 헝클어진 머리를 하고 정신없이 담벼락을 향해 뛰어오고 있었다. 마치 누군가에게 쫓기기라도 하는 것처럼. 이하늘이 담벼락을 향해 다급하게 뛰어올랐지만 타이밍을 놓친 도약은 실패였다. 달려온 속도만큼 거세게 벽에 부딪힌 이하늘이 신음을 흘리며 바닥에 나뒹굴었다.

그때, 그 애가 달려온 방향에서 또 다른 사람이 모습을 드러냈다. 나는 그 남자를 금세 알아보았다. 벤츠를 운전하던 이하늘의 아빠였다.

아저씨가 오는 것을 본 이하늘이 벌떡 일어나 필사적으로 벽을 향해 뛰어올랐다. 간신히 성공했다. 담벼락 모서리를 잡은 이하늘이 몸을 끌어올리려는 순간, 아저씨의 우악스런 손아귀가 그 애의 발목을 움켜쥐었다. 담벼락에 안간힘을 다해 매달려 있던 손이 뜯기듯 떨어져나가고 이하늘의 몸이 추락했다. 나는 소리도 지르지 못한 채 아저씨가 쓰러진 이하늘의 얼굴을 몇 번이고 내리치는 것을 지켜보았다. 아저씨에게 머리카락을 휘어잡힌 이하늘이 고개를 들었다.

나와 눈이 마주친 건 그 순간이었다.

코 밑에 번진 핏물만큼이나 새빨갛게 달아오른 그 애의 눈이 점점 커졌다가, 이내 질끈 감겼다. 마치 들키고 싶지 않은 것을 들킨 사람처럼. 나는 턱을 덜덜 떨며 사냥꾼에게 잡힌 사슴마냥 끌려가는 이하늘을 바라보았다. 부서진 내 영웅이 떠난 담벼락 아래에는 핏자국만 선명하게 남아 있었다.

언제였더라. 이하늘에게 어쩌다 파쿠르를 시작하게 됐냐고 물어본 일이 있다. 그때 이하늘은 이렇게 대답했다.

"하늘로 날아오를 때의 기쁨이랄까? 날 붙잡고 있는 땅에서 내 힘으로 보란 듯이 도망치는 느낌. 그 느낌이 좋아서 시작한 것 같은데?"

"중력한테서 도망쳐봐야 잠깐 아니야? 결국 땅으로 다시 떨어지잖아."

"그렇지. 하지만 결과가 뻔해도 하지 않으면 견딜 수 없는 일이 있는 법이거든."

나는 오늘에서야 이하늘이 파쿠르를 시작한 이유를 이해할 수 있었다.

다음 날 아침. 밖에 나가고 싶다는 내 말을 듣고 엄마는 깜짝 놀란 눈치였다. 내 마음이 변할세라 부랴부랴 준비를 하는 모습을 보고 있자니 엄마한테 조금 미안했다. 왜냐. 나는 엄마가 기대하는 봄나들이며 소풍 같은 것에는 관심이 없으니까. 엄마가 부산스럽게 담요와 보온병을 챙기는 동안 나는 간밤에 미리 챙겨둔 가방을 멨다. 햇님 아파트 근처에 도착하자 나는 계획대로 엄마를 보챘다.

"엄마. 나 집에 휴대폰 놓고 왔는데 가져다주면 안 돼?"

잠시 망설이던 엄마는 여기 가만히 있으라고 신신당부를 한 후 다시 집으로 향했다.

엄마를 보내고 나는 햇님 아파트 주차장으로 전동휠체어를 몰았다. 주위를 둘러보니 고만고만한 차들 틈에 말끔하게 세차가 되어 있는 벤츠가 눈에 띄었다. 나는 다시 한번 주위에 아무도 없는 것을 확인한 후, 벤츠의 보닛 앞에 멈춰 섰다. 그리고 주머니에 있던 열쇠를 꺼내 손에 쥐고 힘차게 벤츠를 긁었다.

끼이익!

차 긁는 소리가 비명처럼 울려퍼졌다. 귀가 좀 아팠지만 속은 시원하기 그지없었다. 다행히 작업을 마치는 동안 그 소리를 듣고 달려오는 사람은 없었다. 나는 엉망이 된 벤츠를 두고 경비실로 향했다.

"아저씨. 저기 차에 누가 낙서를 해 놓은 것 같아서요."

걱정스러운 표정. 떨리는 목소리. 누가 봐도 착한 목격자다운 모습으로 나는 간밤에 외운 대사를 줄줄 읊었다. 밖으로 뛰쳐나온 경비아저씨는 벤츠에 커다랗게 새겨진 '악당'이라는 글씨를 보고 입을 떡 벌렸다. 경비아저씨가 허둥지둥 인터폰을 친지 채 일 분도 되지 않아 이하늘의 아빠가 뛰어나왔다. 자다 일어난 듯 머리는 온통 새집에 러닝셔츠 차림이었다. 하지만 가장 꼴불견이었던 건 망가진 벤츠를 확인한 아저씨의 얼굴이었다.

"이런 씨발! 어떤 미친 새끼야!"

허겁지겁 벤츠로 달려간 아저씨가 쌍욕을 내뱉기 시작했다. 아저씨의 고함이 높아질수록 나의 기분도 하늘까지 치솟았다. 고개를 들어 햇님 아파트를 바라보자, 3층 베란다에 익숙한 얼굴이 서 있는 게 보였다. 멍투성이 얼굴을 한 이하늘이었다. 악당이라고 쓰여 있는 벤츠 앞에서 노발대발하는 아저씨와 경비실 앞의 나를 번갈아 보던 이하늘의 눈이 점점 커다래졌다. 어떻게 돌아가는 상황인지 파악이 되는 모양이었다. 나는 이하늘을 향해 손을 내밀었다. 힘들 때 밖으로 데리고 나가주겠다며 언젠가 내게 손을 뻗었던 것처럼 말이다.

내 손을 본 이하늘이 망설이며 베란다 난간을 꽉 잡는 것이 보였다. 뭘 망설여. 매일 밤 오늘을 위해 수도 없이 연습했잖아. 나는 그 애의 눈을 바라보며 소리쳤다.

"뭐해, 멍청아. 뛰어!"

그 순간, 맨발의 이하늘이 이를 악물고 베란다에서 뛰어내렸다. 그 모습을 본 경비아저씨가 놀라서 삿대질을 해대자 아저씨가 이쪽으로 몸을 틀었다. 밖에 나온 이하늘을 본 아저씨의 얼굴이 악당처럼 일그러졌다. 나는 아저씨가 달려오는 것을 보며 이하늘에게 준비한 가방을 건네주었다. 가방 안에는 얼마 안 되는 내 용돈과 그 애에게 도움을 줄 전화번호를 적은 쪽지. 그리고 운동화 한 켤레가 들어 있었다. 우리가 만나던 날 그 애가 주워주었던, 언제나 새것 같은 내 운동화가. 가방에서 운동화를 꺼내든 이하늘이 입술만 달싹였다. 아무 말도 나오지 않았지만 나는 그 애가 하고 싶은 말을 이미 알고 있었다. 고마워, 그리고.

"잘 가."

내 운동화를 신은 이하늘이 달리기 시작했다. 아저씨가 무섭게 뒤를 쫓았지만 이제 그 애를 잡을 수 있는 건 아무것도 없었다. 날개 달린 신발이라도 신은 것처럼 달리던 이하늘은 이내 담벼락을 잡고 뛰어올랐다.

그리고 보란 듯이 멋지게 백 덤블링을 하고 그 너머로 모습을 감췄다. 백 점 만점짜리 백 덤블링이었다.

작가의 말

이 글을 쓰는 내내 친구와의 서울 나들이를 생각했다. 십 년 가까이 친하게 지냈지만 내가 그 애와 실제로 만난 것은 세 번. 그마저도 밖에서 만난 것은 고작 한 번에 불과했다. 지방과 서울이라는 물리적 거리, 바쁜 일정. 그리고 그 애가 가지고 있는 골형성부전증이 우리의 만남을 훼방 놓는 주범이었다. 하지만 나는 그 애와 함께했던 단 한 번의 서울 나들이를 오래도록 잊지 못할 것이다.

내가 지나온 일상의 모든 풍경이 낯설어지는 감각. 그 애의 무거운 전동휠체어 앞에서 손만 들면 잡히던 택시도, 전국에서 가장 효율적으로 구성된 서울의 교통망도, 거리에 즐비한 카페와 음식점도 자취를 감추었다. 그날, 나는 턱없이 불친절한 세상 속으로 덤덤하게 나아가던 친구를 흠모하게 되었다. 기침을 하다 갈비뼈가 나갈 만큼 연약한 몸속에 오랫동안 세상과 분투해온 영웅이 숨어 있다는 비밀을 알게 된 탓이다.

그날의 나들이에서 주운 작은 글감들을 재주껏 엮어 마침내 세상에 선보인다.

이 글이 부디 그 애에게, 불친절한 세상과 상대하고 있는 숨은 영웅들에게, 그리고 이 글을 읽고 있는 당신에게 따듯한 낯섦을 선사할 수 있기를 바란다.